Diário da Dona Lurdes

Diário da Dona Lurdes

Manuela Dias

≡ Editora **Melhoramentos**

Dados Internacionais de Catalogação na Publicação (CIP)
(Câmara Brasileira do Livro, SP, Brasil)

Dias, Manuela
 Diário da Dona Lurdes / Manuela Dias. – 1. ed. – São Paulo:
Editora Melhoramentos, 2023.

ISBN 978-65-5539-531-0

1. Ficção brasileira I. Título.

23-141798   CDD-B869.3

Índices para catálogo sistemático:
1. Ficção: Literatura brasileira B869.3

Eliete Marques da Silva – Bibliotecária – CRB-8/9380

Copyright ©2023 Manuela Dias
Direitos desta edição negociados com Pascoal Soto Serviços Editoriais.

Preparação de texto: Maria Isabel Diniz Ferrazoli
Revisão: Juliana Vaz
Projeto gráfico e diagramação: Carla Almeida Freire
Capa: Angelo Bottino e Fernanda Mello
Imagens de capa: rawpixel.com no Freepik (xícara de café), fabrikasimf no Freepik (diário), Christian Buehner on Unsplash (foto rapaz de camisa florida), Gus Moretta on Unsplash (abraço), azerbaijan_stockers no Freepik (pano de prato)

Direitos de publicação:
© 2023 Editora Melhoramentos Ltda.
Todos os direitos reservados.

1ª edição, 2ª impressão, maio de 2023
ISBN: 978-65-5539-531-0

Toda marca registrada citada no decorrer do livro possui direitos reservados e protegidos pela lei de Direitos Autorais 9.610/98 e outros direitos.

Atendimento ao consumidor:
Caixa Postal 169 – CEP 01031-970
São Paulo – SP – Brasil
Tel.: (11) 3874-0880
sac@melhoramentos.com.br
www.editoramelhoramentos.com.br

Siga a Editora Melhoramentos nas redes sociais:
 /editoramelhoramentos

Impresso no Brasil

Dedico este livro a Regina Casé.

Amor de autora,

Manuela

"Tudo é incerto neste mundo hediondo, o amor de mãe não é."

James Joyce

Nota da autora

Dona Lurdes é a minha mãe, é a sua mãe, a vizinha, a babá, a doméstica, a professora, a motorista, a costureira, a cozinheira... Existem muitas donas Lurdes pelo Brasil. Mulheres guerreiras e amorosas às quais devemos não só as nossas vidas, mas a criação de um povo. São elas que dão vida, amamentam, alimentam, educam, vestem, ensinam as crianças a falar, andar e sonhar. São elas que cuidam, madrugada após madrugada, de gerações e gerações de brasileiros. Mulheres desamparadas pelo Estado e pela sociedade que abrem mão de suas ambições individuais para se dedicarem integralmente ao projeto de ser mãe. Fantásticas, sozinhas, guerreiras, lindas, poderosas, ídolas que merecem tudo, as mães dão o que não têm e tiram força da fé e do amor, todos os dias, para criarem seus filhos.

Agradecimentos

A criação de um personagem de novela é coletiva. Lurdes nasceu no meu coração, do meu olhar para as mulheres mães, para a minha mãe; nasceu das minhas sensações mais básicas como filha de Sônia e mãe de Helena. Mas a Lurdes que conquistou o Brasil foi criada por uma imensa equipe capitaneada com maestria pelo querido parceiro José Luiz Villamarim. O Zé construiu tudo, desde uma equipe fantástica até um viaduto nos Estúdios Globo. Foram cerca de 120 pessoas trabalhando juntas, ao longo de três anos, e são todos autores da dona Lurdes: a produtora Luciana Monteiro e seu time; a equipe de diretores, assistentes, continuístas, fotógrafos, operadores de VT e caboman; a equipe de edição, meu querido e admirado Quito Ribeiro; e de pós-produção. A Lurdes foi cocriada pela fantástica figurinista Marie Salles e sua talentosíssima equipe; pelo cenógrafo Alexandre Gomes, que construiu aquela casa brasileira para abrigar a família da nossa protagonista; pelo meu parceiro de tantos projetos Moa Batsow. E Lurdes chega à casa de cada um através do trabalho de uma forte estrutura de divulgação e programação guiada pelo Amauri Soares com sua equipe entregue e parceira, além de toda a engenharia. Carlos Henrique

Schroeder, Silvio de Abreu, Ricardo Linhares, Mônica Albuquerque e Edna Palatnik, muito obrigada por apostarem nessa história. É muito esforço e empenho coletivo para construir um produto com a qualidade Globo. A história de dona Lurdes foi interrompida pela pandemia, mas nós seguimos juntos até o fim dessa jornada, determinados a encontrar Domênico. Toda a equipe de roteiristas e pesquisa é coautora na criação da dona Lurdes. A construção dessa personagem também passa por cada um dos atores que contracenaram com ela ao longo desses 125 capítulos, 4.500 páginas escritas, sobretudo por seus filhos Juliano Cazarré, Nanda Costa, Jéssica Ellen, Thiago Martins e o alvo da busca, nosso Domênico, o amado Chay Suede... Taís Araújo, Humberto Carrão, Isabel Teixeira e Murilo Benício, também coautores em ação, e a incrível Adriana Esteves, que, com sua Thelma, vilã amorosa, desafiou dona Lurdes e ajudou a defini-la. E, sobretudo, a maior cocriadora da querida dona Lurdes, Regina Casé, atriz imensa, que, com seu absurdo talento, inteligência e observação afetiva pelo ser humano, nos deixou mais perto da essência do espírito deste país, que é a mãe brasileira.

Prólogo

Um ano depois de encontrar Domênico e da morte de Thelma, Lurdes segue morando na mesma casa. Porém, nesse tempo, mês a mês, ela vê sua casa se esvaziar. No período de doze meses todos os filhos saíram de casa. Primeiro foi Érika, que se mudou com Davi. Eles passaram a morar num barco que aporta de protesto em protesto pelo mundo em defesa do meio ambiente. Logo depois, Camila recebeu a proposta de dirigir uma escola em São Paulo. Foi assim que Danilo abriu um restaurante vegetariano em São Paulo, durante a pandemia, e Lurdes acabou longe de dois filhos e um neto num só golpe.

Uns quatro meses depois, Lídia, que não aguentava mais o confinamento da pandemia, comprou uma casa em Mangaratiba, pra onde se mudou com Magno e Brenda. Agora, é Ryan que acabou de se mudar.

Pela primeira vez em sua vida, Lurdes está sozinha em casa. Por sorte do acaso ou obra do destino, ela começou a escrever... o *Diário da dona Lurdes*.

Comprar:

~~12 kg de arroz~~
~~12 kg feijão~~
~~3 kg tomate~~
- 1 kg arroz
- 1 kg feijão
- 500 g tomate

Ryan se mudou ontem. Último filho a sair de casa...

- Jogar fora as coisas velhas de Ryan.
- Aproveitar e esvaziar aquele quarto de Magno.
- Botar o presente de Caio no correio. Pegar endereço certinho com Camila. Qual é o CEP?
- Comprar jornal com matéria de Érika e Davi.
- Documento de Danilo – resolver.

(Rio de Janeiro, 12 de abril de 2022)

Vou começar um diário porque a mulher foi na Ana Maria Braga ontem e disse que escrever é bom pra aliviar a angústia.

E eu estou com um aperto danado aqui no meu peito que não passa. Ryan disse que ia ligar e não ligou.

Filho é só preocupação.

Filho é só preocupação.

Filho é só preocupação.

A mulher que foi na televisão disse que é pra gente sair escrevendo tudo que vier na nossa cabeça e no nosso coração. Ela disse que não importa se escrever errado. Disse até que não existe errado.

Eu confesso que tô é me sentindo meio doida escrevendo aqui, gastando as páginas do meu caderninho de anotação. Tão bonitinho esse caderninho!

Eu me lembro bem do dia que eu comprei, indo pra Malaquitas, no aeroporto, quando fui visitar *mainha*... Ô, minha *mainha*, que saudade que eu tenho da minha mãe.

Foi tão boa aquela viagem com Camila. E a saudade de Camila que eu tô, Ave Maria!

Esse negócio que a gente cria filho pro mundo, sei não. Será? Acho que eu gostava mais quando meus meninos moravam tudo aqui comigo. Essa casa tá um vazio que só Nossa Senhora mesmo! Tá parecendo até que eu tô numa tumba.

Credo!

Não acredito que eu escrevi isso! Será que traz mau agouro escrever coisa ruim? Vou parar!

(mesmo dia, mais tarde)

Voltei. Eu não ia voltar não, que eu não sou escritora, nem nada, pra ficar escrevendo feito uma maluca, mas a verdade é que a psicóloga lá, que foi na Ana Maria Braga, está é certa. Essa coisa de ficar escrevendo e escrevendo, como quem não tem um frango pra depenar nessa vida nem uma máquina de roupa pra bater, melhora mesmo a angústia. Eu, pelo menos, me senti aliviada.

Até porque ninguém nunca vai ler essas bobajadas mesmo que estou rabiscando aqui. Então, qual a importância que tem? Eu posso até escrever uma maluquice e até as coisas mais doidas e sem sentido que vierem na minha cabeça! E daí? E daí nada! Ninguém nunca vai ler mesmo.

Quer ver que eu vou escrever uma coisa bem doida agora? *Xô* só pensar aqui numa coisa bem doida... Eita, que só está vindo coisa doida ruim na minha lembrança. Ah! Mas quer ver uma coisa doida engraçada?

Lembrando aqui, agora, foi engraçado o dia que eu invadi o escritório do doutor Raul. A destemperada da Lídia tinha ido no salão de Érika e atacado minha filha. Imagina! Isso é uma coisa que eu não aceito de forma alguma! Hoje em dia eu sei que a dona Lídia é legal, tá lá casada com Magno, aliás, ela é ótima com Brendinha. E minha neta ficou curada graças aos médicos e ao dinheiro que Lídia gastou, né... que aquele transplante não foi bolinho não. Até porque, se fosse depender daquela doida da mãe dela, olhe... Vou te contar! Aquela Leilinha Pé Na Cova me saiu melhor que a encomenda! A mulher me passa oito anos em coma, acorda, apronta tudo o que pode pra depois se despencar pra Goiás, casada com Penha, as duas fugidas, apaixonadas... Confesso que estou rindo! Porque a vida é muito doida mesmo. E falando assim, é como se fosse uma história de amor, não sabe? Só sei que as duas estão sumidas até hoje! Mas, também, se aparecerem, vão presas, né? Olhe, a vida tem cada uma... que parece duas!

Do que é que eu estava falando mesmo?

Ah! De Lídia e do dia que eu invadi o escritório do doutor Raul. Ai, ai, a cara dele. Eu só sei que cheguei lá, naquele prédio chique. Os seguranças, todo mundo tentando me segurar e eu nem *tchum!*, só entrando. Peguei, invadi a sala de seu Raul. Olhe, a cara dele quando me viu entrar... kkkkk. Só rindo mesmo! Eu botei logo o dedão assim na cara dele e disse:

– Eu posso ser sozinha, posso ser pobre... mas nos meus filhos ninguém toca! É... Está pensando o quê? Mãe é mãe, meu filho! E quando mexem com meus filhos, eu viro onça!

Vilge Maria! Quase onze horas! Eu vou é dormir, mas *quédi* o sono? E a janela batendo? Ô raiva! Custava Ryan ter consertado esse diabo dessa janela antes de viajar pra essa turnê?

Lembrete:
Consertar janela quarto Ryan

(14.04.22)

Oi, ontem não deu pra escrever não, que eu estava ocupada demais brigando com Deus e seu mundo! Briguei com Ryan porque não deu notícia. Briguei com Érika que não quer dar antibiótico pro meu neto. Ela diz que deixar o menino doente fortalece o sistema imunológico. Agora, veja: o pobre do Pedrinho já é obrigado a morar num diacho de um bote, embarcado feito um marinheiro desde o dia que nasceu! Sendo que Davi e Érika ancoram aquele barco até perto de negócio de petróleo em chamas! A vida do pobre do menino é de manifestação em manifestação... Quase que a primeira palavra que meu neto fala é "protesto" em vez de "mamãe". Vai vendo! Mas é o bendito do antibiótico que vai fazer mal... Tem cabimento?

Aí, aproveitei que já vinha brigando desde de manhã, já peguei e briguei também com Danilo e Camila! Ah, chega! Tenha santa paciência! Já remarcaram três vezes a viagem deles pro Rio, e toda hora é negócio de alguma coisa que não podem vir. Ah, não! *Vumbora*, minha gente que eu já passei foi quase um ano sem ver meu neto. Daqui a pouco o menino nem vai mais se lembrar que tem avó.

(Dessa avó aqui, né? Porque a outra... Que Deus a tenha, misericórdia. O que terá sido feito da alma de Thelma, hein? Credo. Às vezes eu fico pensando o que é que a gente vai contar pros meninos quando eles crescerem... *Ói*, deixa pra lá! Não vou ficar invocando negócio de alma não, que eu estou sozinha em casa e nem pra vizinha nova eu posso pedir ajuda, que eu não fui com a fuça dessa mulher.) Mas deixa eles! Filho pensa que mãe é eterna. Mas eu não sou eterna não, viu? Mãe também morre. Fica aí, adiando a viagem, quando ver, vão comprar passagem pra me visitar já na beira da morte! Ou então para botar flor no meu caixão!

Inclusive, ontem, como eu estava no embalo, já garrei uma treta braba com essa tal da vizinha nova. Agora, veja: a mulher deixa a planta vazando galho aqui pra cima do meu lado do quintal. Resultado, é uma folharada todo dia para eu limpar! Tá errado! Não quero, que eu não estou aqui para ficar varrendo folha de Seu Ninguém! E ela ainda vem me dizer que eu sou muito rabugenta. Pode uma coisa dessa? Só sei que foi um arranca-rabo com essa ruiva dessa Zuleide! Dona Vânia até veio ver de tanto grito que foi!

Aqui, eu posso confessar: ô coisa relaxante que é um arranca-rabo com uma vizinha desconhecida. Eu chamei a mulher disso, daquilo. Olhe, eu chega suei! Depois, tomei um banho quentinho, tomei minha sopa... Resultado: estou me sentindo nova!

Ai, ai... só sei que eu estou é achando graça desta fofocaiada aqui, por escrito, comigo mesma. Se bem que, alguma hora, o melhor é eu queimar esse caderninho. Imagina se a vizinha entra aqui e pede para anotar um negócio, uma receita? Aí, eu pego e empresto o caderno, a mulher vai e lê que eu gostei de brigar com ela? Vai ficar mal para mim...

Veja que besteira! Quase que arranco aqui minhas páginas do meu caderninho, mas desisti. Colei com crepe. Agora, veja se eu vou deixar essa folgada da Zuleide entrar aqui! E ainda por cima botar a mão no meu caderno. Bota nada! Pronto...

O que é que eu estava falando mesmo? Ah! Briguei com Deus e seu mundo ontem. Podia ter brigado só com a vizinha.

(mesmo dia, só que de noite)

São duas horas da manhã. E a vizinha tá gritando com a filha dela no telefone. Benza, Deus! Se Magno estivesse aqui, já tinha batido lá. Os vizinhos tão tudo gritando pra fazer silêncio. Eu já gritei também, mas bater lá? Vou nada!

Óia pra isso! A mulher está descontrolada! Já deu pra ouvir que a filha dela se chama Anelise. Ó paí, a vizinha tá se esgoelando toda, aqui do lado:

– Eu vou dá em você, Anelise! Se você me aparecer aqui buchuda, Anelise!

Ai, que ruindade minha, mas até que é engraçado o desespero da vizinha.

Ô, que pena... pararam... Será que a filha bateu o telefone na cara da mãe? Misericórdia, esses jovens de hoje estão que não respeitam mais é nada. Devem ter desligado. Pior que agora eu perdi o sono. Porque meu sono é assim, se eu não durmo naquela hora certa, pronto! Não durmo mais.

O que será que está passando na *Tela Quente,* hein? Nunca vi um filme na *Tela Quente,* que eu estou sempre dormindo essa hora. Meu esforço todo é o quê? Lutar pra ver minha novela das nove até o final com os dois olhos abertos.

Eita, que é filme com putaria! Aqui no caderninho eu posso confessar... Eu não gosto de ver essas coisas com minha neta, nem com meus filhos, mas assim, sozinha, o que é que tem? Ah, quer saber? É até bom! Dá um pouquinho de vergonha assim, mas passa... Estou sendo sincera, compreende?

Eu não nasci velha não, está pensando o quê? O problema é quando até eu esqueço que já fui jovem... Mas eu já gostei de uma safadice debaixo de uma escada, atrás do moinho de vento, perto das salinas. Se aquelas salinas de Malaquitas falassem... *Ói,* me deixe! Que minha fama não ia ser tão boa não. Mas claro que não era como hoje que o pessoal mal fala "oi" e já está sem roupa. Não, na minha época fugir já era uma aventura! Era no máximo uns beijinhos... mas aquilo já não podia, né? Arruinava a reputação de uma garota, tá?

Ai, ai... Deu até uma saudadezinha de Januário. Bichinho ficou todo sentido comigo depois daquela "bola dividida" com o Oliveira, que ele entrou. Mas até que ficaram amigos os dois! Se bobear, devem estar juntos por aí, viajando de caminhão, e eu aqui, sozinha, abestalhada, vendo filme na *Tela Quente*.

Mas que homem bonito esse desse filme, misericórdia... Calor danado aqui nesta casa, vou abrir a porta do quintal, que a vizinha já parou de gritar.

(15.04.22)

Estou tão chateadinha hoje...

Chateadinha uma *bota*! Eu estou é virada na moléstia! Virada num *mói* de coentro! Eu tô pê da vida. Fui ficar vendo aquele negócio de filme de amor na *Tela Quente,* resultado: acordei e liguei para Januário.

Deu saudade dele, né? Ou então é só porque eu estou tão sozinha, mas tão sozinha que... a carência venceu a razão. Não, não... Ou, então, o que aconteceu foi que eu senti saudade de Januário mesmo. Porque, se é que eu tive um amor nessa vida, fora meus filhos, claro, esse amor foi Januário.

E eu acordei com uma saudade apertada aqui no meu peito. Peguei e liguei para ele... E aí foi a vergonha do século que eu passei. Não sei o que me deu, uma afobação de sair falando, sei lá... Só sei que na hora que Januário disse "alô", eu desembestei a falar, sem dar trégua nem pro homem dizer nada. Eu falei foi tudo de enxurrada. Disse que eu estava com saudade, que *quédi* ele, e não sei quanto.

Agora, veja, eu mesma que mandei o homem embora duas vezes, aí pego e ligo para dizer que estou com saudade? Só podia estar doida mesmo! E *quédi* que eu parava de falar? Disse que queria ver ele, que se ele não pudesse vir pro Rio, que eu viajava pra ver ele!

Vai vendo... Que vergonha, minha Nossa Senhora!

Eu cheguei ao descaramento de dizer que agora minha vida tinha espaço para ele. Claro, né? Estou aqui sozinha, praticamente abandonada pelos filhos... Aí, agora, vou dizer que tem espaço. Olhe, dá vergonha até de escrever aqui!

Só sei que, quando eu terminei de falar tudo, de abrir meu coração com aquela declaração de amor eterno de "vamos ficar junto até a morte...", eu só escuto aquela voz de mulher do outro lado da linha: "É quem, amor?". Na hora eu entendi tudo, está compreendendo? Na hora eu pensei: "Pronto, que Januário está casado, e eu aqui chamando o homem para viver e morrer comigo".

Olhe, eu já passei vergonha nessa vida, mas, como essa, não sei não. E Januário também, né? Para piorar a situação, eu, no reflexo, perguntei:

– Tu está casado, Januário?

E ele:

– Casei, Lurdinha.

Eu não sabia o que dizer... Fiz uns ruídos assim com a boca, como se a ligação estivesse ficando ruim, e falei:

– Acho que está dando defeito na ligação. Rrrshhh... Rrrrshhh... Depois a gente se fala.

E, *pumba*, bati o telefone.

Esse bonde aí eu perdi... Agora é, ó, seguir em frente!

Eu só preciso antes descobrir para que lado é a frente para não correr o risco de andar para trás...

Pensando bem, talvez eu tenha perdido todos os outros bondes que não eram o bonde de ser mãe. Porque tudo, tudo que eu fiz nessa vida foi pra cuidar dos meus meninos e encontrar Domênico. Aí, agora, eu encontrei Domênico, meus filhos estão tudo criado... Compreende? Eu tenho ainda 67 anos... Contando que *mainha* viveu até noventa e tanto, eu ainda devo ter um bocado de vida pela frente e não tenho mais nada pra fazer. Imagina passar trinta anos zanzando por essa casa, batendo chinela e esperando meus filhos me ligarem?

Credo. Isso não é vida, é penitência!

Eu tenho é que arrumar coisa para fazer. "Mente vazia, oficina do Diabo." Vou pegar e vou faxinar a casa toda, de cima a baixo! Quer ver?

(17.04.22)

Ave Maria! Passei dois dias esfregando rodo para lá e para cá. A casa tá tão limpa que os vidros e os azulejos chega tão parecendo espelho! Já fiz mercado, já fiz comida, lavei as três roupinhas que tinha suja, já passei... Pronto! *Cabô-se.*

O problema é que eu sou muito eficiente nos afazeres da casa! Eu sou rápida porque nunca tive tempo para nada. Mas aí acaba que, para mim, sozinha, fazer isso tudo é muito ligeiro e não vai dar para ocupar esses trinta anos que ainda me restam de vida cuidando da casa não.

Acho que eu estou precisando, sabe como é?, de um novo objetivo. Passei a vida toda preocupada com meus filhos, procurando Domênico, agora eles estão criados, Domênico está ótimo, graças a Deus e ao trabalho dele... e eu estou aqui, sem ter o que fazer.

Objetivo de vida

Lurdes – objetivo de vida

Estou até sem assunto para preencher as linhas desse caderninho. Porque tudo que é assunto que eu penso é lembrança do passado. Ou então preocupação com meus filhos. Érika nem respondeu se Pedrinho se recuperou da amigdalite. Pobrezinho do menino!

Mas não é possível... Eu já tive vontade de tanta coisa quando eu não tinha tempo para nada. Agora que eu tenho tempo, não encontro as vontades? Bora lá, dona Lurdes! Bora pensar!

Lista de coisas que eu posso fazer:
- Jardinagem
- Aula de costura e modelagem
- Hidroginástica
- Dança de salão
- Viajar pra visitar meus filhos
- Resolver a documentação de Danilo

Credo! Eu começo a fazer uma lista para *mim*, para a *minha* pessoa, para resolver as *minhas* coisas, e, quando vejo, já estou botando meus filhos na minha lista!

Aliás, eu achei essa lista horrível! Não vou fazer nada do que está aí! Até porque eu já sei plantar. Tanto que tenho minha horta, meu jardim, tudo brota aqui no meu quintal. E, também, eu não quero aprender a fazer modelagem, que negócio de costura força demais a vista! E eu fico com uma dor de cabeça nas têmporas, que misericórdia... Hidroginástica, Deus me livre e guarde! Que eu tenho pavor de negócio de água. Só de pensar, já acho que estou me afogando!

Será que eu adoto um cachorro?

Sei não... Cachorro dá uma trabalheira! É o dia inteiro fazendo cocô pela casa. Depois, esse bicho se enrosca nas minhas pernas, eu caio aqui em casa sozinha. Deus é mais! Sem falar que cachorro é para cuidar. E parece que, desde criança, tudo que me ensinaram foi cuidar dos outros!

Será que eu não sei fazer mais nada que não seja cuidar de alguém?

Estou aqui tentando me lembrar do que eu queria fazer antes de meus filhos nascerem, mas eu só consigo me lembrar que eu queria ter filhos!

Credo.

Deviam ensinar outros sonhos pras mulheres.

Hoje em dia, essa coisa de ser mulher está muito avançada! As meninas nascem já sabendo que têm que ser independentes, cuidar da própria vida, ter seu dinheiro. Eu mesma sempre ensinei isso pras minhas filhas.

Não estou dizendo que resolveu, mas melhorou muito. As mulheres, aliás, melhoraram muito! Agora só falta os rapazes acompanharem, né? Porque os homens estão muito desatualizados, minha Nossa Senhora! Ainda estão querendo aquela mãe perdida, aquele cuidado, aquele alguém que vá pregar botão... Eu acho isso muito antiquado! Sem falar que, agora, o que eu mais vejo é macho recalcado com a mulher que ganha mais, que é mais bem-sucedida. Eles enchem a cara de cachaça e aí, pra se sentirem macho de novo, batem nelas! É muito feminicídio ainda que tem por aí, tá? Eu não fico me informando muito, porque senão fico até atacada do estômago. Mas, mesmo estando ruim, pelo menos teve progresso, isso, sem dúvida! Porque já mudou muito dentro da mente das pessoas, e é dentro da mente que começa a nova realidade. É ou não é? Agora, a jurupoca tá piando pra cima dos homens! O negócio é outro. Pregue seu botão que eu prego o meu. Lave sua cueca, bora lavar a louça. Imagine! Eu dizendo a Jandir pra lavar a louça?! Era capaz dele quebrar os pratos sujos... O progresso é uma bênção. Ainda mais pra mulher, compreende? A melhor coisa é trabalhar e pagar nossas contas. Negócio de "ah, eu quero ser princesa". Tá é doida! Eu quero é ser a pior princesa do mundo! Dar com um pau na cara do príncipe, subir no cavalo dele e sair correndo, tomar logo o castelo todo pra mim, e Ave Maria! Não gostou? Coma menos! Às vezes eu penso que, se eu fosse jovem nos tempos de hoje, ninguém me segurava não.

Vou tomar meu remédio de pressão alta que eu estou meio peguenta... Acho que minha pressão subiu.

(18.04.22)

Veja bem, querido diário, se eu te contar a loucura que foi essa noite! A gente só dá valor pra saúde mesmo quando perde. Era tipo três horas da manhã quando eu acordei com a cama empapada! Que eu abri o olho, o quarto todo rodando, tudo girando... Eu tentei me levantar, e *pei*! Caí no chão! Pensei: "Minha Nossa Senhora, chegou minha vez! Com cinco filhos no mundo, e vou morrer sozinha aqui, nessa casa!". A vista turvou, assim que eu, *pumba*, não vi foi mais nada!

Aí, voltou aquela réstia, assim, de força, eu abri os olhos e pensei: "Tenho que gritar". Mas *quédi* a voz? Não tinha voz, não tinha ar, não tinha era nada. E aí foi me dando uma moleza de estar viva, um tipo de paz... na hora eu falei comigo mesma:

– Eita, que a morte é doce! E *evém* ela vindo.

E a morte bailando, assim, meio que me embalando, não sabe? Aquele soninho de paz, de descanso eterno. E eu:

– *Vôti!* Sai para lá, Ceifadeira! Volta pra trás que eu quero viver!

Que nada, eu reclamo da vida, mas eu amo viver! Sem falar que na hora eu pensei nos meus filhos, nos meus netos e disse:

– Chega pra lá com essa foice que eu não vou morrer hoje não!

Eu abri meus olhos assim, garrado assim... Peguei aquele restinho de força que tinha, e fui meio me arrastando, ou então eu sei lá como é que eu fui... Só sei que eu cheguei no quintal e ouvi a vizinha brigando com a filha. E a vizinha gritava:

– Volta pra casa, Anelise!

E eu:

– Socorro! Socorro! Alguém!

Isso foi tudo que eu consegui dizer, aí, *bufo*, apaguei. Quando acordei, foi com os peitos de Zuleide na minha cara, aquela água gelada. E ela:

– Calma, calma, dona Lurdes! O carro está vindo!!!

Resumo da ópera: Zuleide salvou minha vida!

Eu paguei minha língua, viu? Já disse a ela que posso até varrer as folhas daquela planta que está varando o meu quintal, porque agora eu estou em dívida. E, olhe, Zuleide é um amor! Ô mulher maravilhosa, uma batalhadora! Zuleide vende lingerie sexy, creme sexy e óleos sexy. Zuleide é tipo um sex shop ambulante. Mas seja ela o que for, agora Zuleide é minha amiga, e amiga não é ser julgada.

Eu só fiquei revoltada foi com o médico. Acredita que o homem me olhou e disse na minha cara que eu tenho que emagrecer? Não é uma falta de educação? Eu sou uma senhora! E o médico, pra mim:

– Ah, a senhora tem que perder uns quinze quilos.

– Quinze quilos??! O quê?! – eu perguntei para ele. – O senhor está me chamando de obesa?

Olhe, me deu uma raiva daquele *hômi*! Eu fiquei até muda no caminho para casa, que a Zuleide tem carro, né? Eu sei que é falta de educação uma pessoa de carona ficar sem puxar assunto, mas ontem eu fiquei.

Gorda é a mãe dele!!!

Para piorar minha revolta, eu fui dizer a Érika o que tinha acontecido... Estava assim contando, indignada, né?, tomando meu cafezinho da tarde, e ela veio criticar meu pão! E concordou com o médico!!! Pode uma coisa dessa? Ah, pra quê??? Eu peguei e liguei pra Magno, que ficou do meu lado (que ele não é besta), mas disse que se eu perdesse um pouquinho de peso ia parar de sentir dor no joelho.

Eu disse que ia tentar... Até porque meu joelho está pedindo arrego já. Mas eu não vou passar fome que eu não nasci pra isso!

E a lista das coisas que a tal da nutricionista passou? Eu li e perguntei pra ela:

– A senhora acha que eu sou um coelho? Só tem folha aqui!

Comprar:
- *alface-crespa*
- *alface-roxa*
- *rúcula*
- *agrião*
- *abobrinha*
- *cenoura*

(19.04.22)

Muito mau humor. A nutricionista disse que é meu corpo pedindo para comer carboidrato. O problema é que TUDO é carboidrato! Pão, arroz, batata, macarrão, cuscuz, tapioca, biju...

Ai, que fome, minha Nossa Senhora...

(20.04.22)

Muito mau humor. Não consigo escrever.

- Beber dois litros de água por dia
- Andar vinte minutos por dia
- Raiva

Deixei de ser uma pessoa boa. Tive vontade de roubar o picolé da menina na rua.

(22.04.22)

Zuleide estava certa. A aula de dança até que é divertida. Muito melhor do que andar nesse calor de fim de ano, sozinha pela rua, feito uma perdida.

Eu tinha me esquecido que gosto de dançar! Mas é engraçado como o corpo da gente não esquece! Parecia até que meu pé estava dançando sozinho! Tocaram baião, xaxado...

A Zuleide depois ficou mangando demais de mim, dizendo que o Evandro isso, o Evandro aquilo...

E-VAN-DRO

Quem é Evandro, né? Esse que é o problema...

Evandro é um senhor lá da aula de dança. Ou seja: até parece, né? Eu estou ali para fazer exercício, não pra paquerar. Mas pra Zuleide até a aula de dança é aula sexy. A Zuleide malda em tudo. Só porque Evandro me chamou pra dançar quatro vezes na aula, porque ele ficou puxando papo sobre receita e querendo saber quem eu sou, e só porque ele me perguntou se eu vou voltar... não quer dizer nada, gente!

Ou quer?

O Evandro é advogado imobiliário aposentado. Ele era tipo um corretor, só que mais chique. Ele resolvia tudo, negócio em cartório, tudo, tudo mesmo que envolvia ali compra e venda de imóveis, compreende? O que eu mais gostei de Evandro é que ele olha, assim, para a gente, sabe? Olhando mesmo. E o Evandro escuta de verdade também. Não é aquela pessoa que parece que está ouvindo, mas que está só esperando a sua vez de falar. Eu também gostei do perfume de Evandro. Pra mim, homem tem que ser cheiroso. Mas claro que eu não estou falando, assim, que eu vejo o Evandro como homem. Quer dizer, ele é um homem... mas eu digo... assim... sei lá. Deixa pra lá!

Ai, ai, Zuleide malda tu-do!

Fiquei até de levar uma revista com receitas que o Evandro se interessou. Receita com ora-pro-nóbis. Pouca gente conhece essa planta aqui no Sudeste, ainda mais aqui no Rio, que o povo só come o que come mesmo. Mas o Evandro é de Minas e, como ele é da roça, conhece, né? A gente come muitas dessas plantas que o povo aqui da cidade acha que é tudo mato. Tadinho do Evandro. Ele é viúvo há dezessete anos. E não tem filho, não tem nada... Eu fiquei com um pouquinho de pena, assim, da pessoa sozinha, né? A Zuleide claro que já viu tudo de um jeito errado quando eu falei que ia convidar Evandro para almoçar aqui um domingo, de repente... Eu convidei na inocência, claro, mas a Zuleide já malda, né?

- *Levar a revista de receita para Evandro*
- *Marcar o almoço com Evandro*

(25.04.22)

Valei-me, minha Nossa Senhora! Que eu tenho um *date* marcado! Diz que "encontro" agora a gente chama de *date*!

Eu disse que não ia, até porque eu não estou na idade de *date*! Uma coisa é sair com Januário, que eu já conheço, mas inaugurar, assim, um romance do nada, na minha idade... Não sei não.

Mas aí Evandro insistiu... Zuleide insistiu... Minha vontade insistiu... E eu acabei aceitando ir no tal do *date*! Mas agora chegou o dia, e eu estou tão nervosa. Eu não sei mais como é esse negócio de paquerar, gente! Pra que eu fui aceitar ter esse encontro com Evandro? Vontade de matar Zuleide, isso, sim!

Estou há três horas aqui, encarando esses dois vestidos, e não consigo decidir com que roupa eu vou ver Evandro. Acho que eu vou com o menos decotado pra não dar, assim, uma aparência de pressa, né? Se bem que na minha idade o melhor é ter pressa mesmo! Rsrsrs... Só rindo, viu? Estou tão nervosa que parece que eu estou com vontade de fazer xixi o tempo todo! Mas não estou!

EU NÃO TENHO IDADE PARA ISSO!

Eita, quatro horas já e Evandro vai passar aqui às seis. Vou comer uma coisinha, que hoje não tem regime certo! É carboidrato na *véia* na veia! A gente vai para o cinema. Imagine! Aaaanooos que eu não vou ao cinema. Vou comer pipoca sim!

Deixa eu correr aqui!

(mesma noite, de noite)

Pena que Zuleide já está dormindo. Eu queria tanto contar para ela. Diário é bom, mas não responde, não dá opinião, né? Evandro chegou aqui pra me buscar com o carrinho dele, todo limpinho o carrinho... Até o carro de Evandro é cheiroso. E, como se não bastasse, Evandro ainda me trouxe flores. Eu fiquei tão sem graça! Não sabia se eu voltava em casa pra botar no jarro, se a gente ia logo pro cinema, porque já estava na hora. Mas eu não podia deixar as florezinhas morrerem, né? Aí, corri em casa, botei no balde com água, e a gente foi para o cinema. Resultado: acabou que a gente chegou atrasado e perdeu o filme.

Eu achei foi bom, porque no cinema não dá para conversar. Evandro me levou para um quiosque, no Leme. Foi tanta conversa que eu nem vi o tempo passar.

Evandro me contou a história dele. Teve uma hora que eu até segurei o choro para não fazer feio... Sempre me emociona pensar o tanto de vida que tem dentro de cada um. A gente olha, assim, a pessoa e não imagina tudo por que ela já passou pra estar ali. Por isso que eu sempre digo aos meus filhos: "Cada um está na sua luta, cabe à gente respeitar".

Evandro se casou com 24 anos e logo depois a mulher descobriu que tinha uma doença braba, negócio degenerativo, esqueci o nome da doença. Só sei que foram quase trinta anos com a coisa piorando, a doença evoluindo, e Evandro ali, empurrando a cadeira de rodas dela... Na hora que ele falou isso, eu parei para pensar e me dei conta de que eu nunca vi um homem empurrando a cadeira de rodas de uma mulher. Imagine que esse homem gastou o sitiozinho que herdou do pai, vendeu tudo para pagar o tratamento da esposa, sendo que eles sabiam que não tinha cura. "Não tinha cura, mas também não tinha dor", isso que ele me disse, essa frase, não me sai da cabeça.

Não tinha cura, mas não tinha dor.

Que grandeza, né? Eu achei lindo...

Eu gostei de Evandro. Gostei tanto que estraguei tudo. Agora, eu acho que ele nunca mais vai me chamar pra sair.

Pior, acho que eu vou ter que desaparecer das aulas de dança também porque... eu não devia ter falado nada, mas ele foi tão sincero comigo. Na hora, eu senti que devia retribuir na mesma moeda. Acontece que a minha história não é bonita como a de Evandro, e eu sou sincera, né?

Ele me pediu:

– Fala um pouco de você.

E eu falei logo de cara:

– Eu? Eu matei o pai dos meus filhos.

Ele riu. Com certeza porque não acreditou. Aí, eu falei de novo:

– É sério. Matei mesmo.

A cara de Evandro chega caiu, assim, no chão do quiosque. E, aí, eu tive que continuar:

– O nome dele era Jandir e ele vendeu um filho meu, enquanto eu estava na maternidade parindo uma das minhas caçulas e, quando cheguei em casa, ele me contou que tinha vendido o menino e tentou me violentar. Não foi de propósito que eu matei. Na hora da briga, eu empurrei Jandir, e ele bateu com a cabeça na parede. Só que tinha um prego, e aí foi fatal. Eu peguei meus meninos, botei na carroça e fugi de Malaquitas. Passei minha vida atrás desse menino vendido... Foram vinte e cinco anos de busca atrás de Domênico, mas minha Nossa Senhora não me falhou, e eu consegui encontrar meu filho.

Quando eu olhei a cara de Evandro, o *hômi* não conseguia dizer mais nada. E eu pensei: "Pronto, se acabou minha história de amor, matei o *hômi*". Na hora, eu não sabia mais nem o que dizer e já fui me desculpando. Expliquei que tinha falado porque eu não queria que ele descobrisse depois e coisa e tal. Levantei-me e fui-me embora. Só no caminho para casa eu pensei que Evandro nunca que ia ter como descobrir essa história. Eu podia muito bem ter ficado com meu bico calado e ter ido para a gafieira com ele, mas, não... Estraguei tudo.

(**26.04.22**)

Acordei e tinha uma mensagem de Evandro no meu celular. Ele disse que quer me ver de novo. Eu topei.

(**mesmo dia, de noite**)

Evandro pegou um trânsito horrível. Eu falei que não precisava vir me buscar, mas ele fez questão. E acho que eu gosto de uma coisa assim, à moda antiga. Acabou que foi ótimo o Evandro ter se atrasado, porque isso me fez abrir minha bolsa antes dele chegar. E o que foi que eu encontrei na minha bolsa??? Uma bolsinha cheia de coisa que Zuleide botou lá dentro! Tinha creme, camisinha, e tinha até uma camisola sexy que a maluca da Zuleide botou dentro da bolsinha. Amanhã ela vai se ver comigo! Imagina se o Evandro por algum motivo vê isso tudo? Ia pensar o quê?

Acho que ele chegou, tchau!

(mesmo dia, mais de noite ainda)

Será que uma mulher de quase setenta anos pode começar um novo amor? Por que isso parece tão estranho para mim? É tão estranho, mas tão estranho, que eu sinto vergonha até de escrever isso aqui, mesmo sabendo que ninguém nunca vai ler.

Sabe o que Evandro disse? Que eu sou bonita, que meu sorriso é lindo e que adora a minha voz. "Você tem a voz rouca", ele disse. Quando cheguei em casa, eu estava me sentindo com trinta anos a menos. Corri para o espelho e me achei linda.

Ai, meu Deus do céu, que vergonha!!! Misericórdia!

Mas qual é o problema de me sentir linda, né? Eu não sou nenhuma modelo de revista, mas igual a mim não tem outra. E só eu sei o que passei nessa vida e a história que tem por trás de cada uma dessas rugas. A pele vai escrevendo a história que acontece, mas só a gente sabe ler.

Eu me olhei no espelho e senti um amor por mim mesma, sabe? Eu olhei assim e pensei: "Sabe por que o Evandro gostou de você, dona Lurdes? Porque ele sabe admirar uma mulher de verdade!". Toma essa!

Ai, que vergonha, misericórdia! Tô me achando!

Mas é isso. Eu sou uma guerreira que continuou a amar a vida apesar de tudo. E aí eu me senti enorme! Eu sei que só fiz cuidar dos meus filhos, que não inventei a cura pra nenhuma doença, nem mudei o mundo.

Só sei que eu me senti como se eu fosse, assim, uma dessas mulheres, sabe? Que lutam pelas outras mulheres... Se bem que talvez eu seja mesmo.

Talvez todas as mães sejam uma dessas mulheres porretas. Porque, olhe, o que uma mãe consegue fazer pelos filhos não é normal não.

Eu me lembro de quando Magno nasceu. A primeira coisa que eu pensei foi: "Eita, que agora eu não posso mais morrer!". E eu acho que, se você pensar bem, essa coisa de não poder morrer é um superpoder que as mães têm. Como se a gente fosse um pouco super-heroína mesmo. Porque, quando me perguntam como eu criei quatro filhos sozinha, nesse Rio de Janeiro, e ainda por cima procurando Domênico, eu mesma não sei explicar. Na ponta do lápis, a conta não fecha! Mas eu sei que eu criei! E todos estudaram, são pessoas de bem. Então, eu tenho orgulho da minha vida. Porque eu posso não ter mudado o mundo todo, mas o meu mundo eu mudei. E o mundo dos meus filhos também...

Estou lembrando aqui do dia que eu cheguei da maternidade com Érika. Magno calado, olhando o chão... Eu senti logo que tinha alguma coisa errada.

– Cadê Domênico?

Magno não respondeu. Aí eu descobri que Jandir tinha vendido Domênico.

Da briga eu me lembro pouco, que a razão estava turva. Só me lembro de Jandir dizendo que tinha trocado Domênico, e eu sem entender...

– Trocou como? Trocou como?

E ele:

– Troquei por dinheiro.

Mesmo com ele dizendo, eu ainda demorei pra entender que ele tinha vendido meu filho.

Aí, ele começou a gritar que queria me ter, que queria me ter... Eu peguei, empurrei ele e gritei:

– Eu quero meu filho! Eu quero meu filho!

E *pá*... Ele bateu de costas na parede e caiu sangrando. Só depois que eu vi o prego com sangue. Aí, eu pensei: "Pronto, que o prego furou a cabeça dele!". Nessa hora, Magno entrou no quarto, coitado, ainda viu o pai morto no chão.

– Vai pra lá, Magno! – eu falei.

É estranho dizer, mas eu não pensei em Jandir quando ele morreu. Só pensei nos meus meninos. "Tenho que ir embora para não pegarem meus meninos de mim."

E aí vem um instinto, assim, instinto materno como dizem, né? E foi como se estivesse tudo premeditado na minha cabeça. De repente, eu fiquei calma.

Fui pra varanda, lavei minhas mãos... Até hoje eu me lembro de um pensamento que me ocorreu lavando as mãos. Eu olhei o vermelho, assim, descendo pelo tanque, e veio na minha cabeça: "Nunca pensei que um homem pudesse ter tanto sangue". Foi isso que eu pensei na hora. E depois não pensei mais nada. Só fiz as malas, fechei as janelas da casa. Peguei minha santinha e roguei que ela cobrisse nosso caminho com sua glória. Ninguém ia tirar meus filhos de mim, isso era a única certeza que eu tinha.

Subi na carroça e fui-me embora, sem olhar pra trás. Não se deve olhar pra trás. A vida está sempre na nossa frente. E o que ela quer da gente é coragem. *Xtá, xtá!* Bati o chicote no cavalo que puxava a carroça. Eu estava pensando em *mainha*, na saudade que eu ia sentir de *mainha*... Estava pensando que nunca mais eu ia ver minha mãe e que não ia poder nem telefonar pra saber dela. Porque, quando você decide sumir, o sumiço tem que se dar por completo. Se eu deixasse rastro, era por esse rastro que a polícia ia me achar e tirar meus filhos de mim. E foi aí que eu ouvi o cachorro latindo.

O cachorro latia assim, olhando pra gente, como se estivesse chamando, aí ele entrou numa cabaninha, perto do moinho. Uma cabaninha dessas, tipo de guardar ferramenta, compreende?

Eu desci, Magno veio comigo. Quando eu entrei na cabaninha, foi aí que eu vi Camila pela primeira vez... Como se fosse um anjo. E depois se comprovou que ela era um anjo mesmo. Na hora eu pensei que aquilo era um sinal divino de que eu ia encontrar Domênico. Ajeitei Camila na cestinha ao lado de Érika, as duas debaixo de um guarda-chuva, assim, para proteger do sol. *Xtá, xtá,* chicoteei o cavalo e a carroça se adiantou na estrada.

É... pensar que eu saí lá de Malaquitas numa carroça e hoje em dia eu tenho uma filha professora, filho cantor, filha ativista do meio ambiente, um filho que é um pai de família exemplar, dono de mecânica, o outro, chefe de cozinha. Que tenho minha casa... Cada noite sem dormir costurando e lavando roupa pra fora valeu a pena. Cada dia que eu acordei às quatro da manhã pra ir pra fila de escola pública matricular os meninos, cada vez que eu escolhi o caminho mais difícil só porque era o mais honesto. Porque educação não é dizer, educação é exemplo, é fazer. Tudo isso valeu a pena. E Evandro está certo, eu sou linda mesmo.

(30.04.22)

Zuleide disse que eu estou namorando. Como Zuleide é exagerada! Só porque eu saí com Evandro quatro vezes essa semana, porque eu falo com ele várias vezes por zap e porque a gente está pensando em viajar junto, não quer dizer que a gente esteja namorando, né? Até porque eu tenho mais o que fazer da minha vida e...

Será que estou namorando?

Sei lá... Eu nunca namorei na vida. Como é que eu vou saber? Eu acho que namorar é quando, assim, por exemplo, você fica fazendo planos com a pessoa, e a pessoa é a última que você fala antes de dormir e, quando acorda, já manda aquele: "Bom dia...". *Peraí...*

EU ESTOU NAMORANDO!

(mesmo dia, mais tarde)

Perguntei a Evandro se a gente está namorando e ele confirmou. É namoro mesmo. Eu já avisei logo que não passa disso, que cueca aqui em casa só dos meus filhos e, mesmo assim, olhe lá! Porque homem é tudo folgado e, quando a gente vê, já está com o pé no sofá pedindo isso e aquilo. Quero não. E eu não tenho idade pra negócio de namoro não. Aliás, vou cancelar esse negócio de viagem pra Petrópolis! E daí que eu não conheço a "cidade imperial"? Eu, hein?

(01.05.22)

Olhe... a confusão que se armou aqui em casa, querido diário. Não sei se você está pronto pra saber. Evandro se *retou* que eu não queria mais ir pra Petrópolis. Aí, começou a insistir, disse que então bora pra Cabo Frio, bora pra Fortaleza. E eu:

– Me deixe, Evandro, quero ir pra lugar nenhum não.

E Evandro:

– Bora, bora...

Meus filhos chamam isso de DR, dizem que é discutir a relação. E eu:

– Evandro, nem relação a gente tem direito pra discutir...

A coisa já estava em ponto de bala, quando me toca a campainha.

Está pronto, querido diário???

Nique eu abro a porta, quem é que me aparece? JANUÁRIO. Eu olhei, assim, sabe quando você não acredita no que está vendo?

– Januário??? O que é que você está fazendo aqui?

Januário queria conversar. Disse que desde que eu tinha ligado que ele estava pensando em mim, que o casamento estava em crise, que isso e aquilo...

E eu:

– Januário, *peloamordedeus*, vai embora que depois eu te ligo.

Eu ainda fiz de tudo pra esconder Evandro de Januário e Januário de Evandro, mas não teve jeito. Quando Januário viu Evandro, ele disse:

– De novo, Lurdinha?

Tadinho! Como é que eu ia explicar que Evandro nem existia no dia que eu liguei pra ele? E como é que eu ia explicar Januário pra Evandro??? Eu fiquei sem saber o que dizer, até que disse:

– Bora comer um bolinho?

Não sou boba, ofereci logo um bolinho pra acalmar os ânimos dos machos...

Apresentei todo mundo como amigo. Uma hora Evandro se *retou*, me olhou assim, bem fundo nos meus olhos, e foi-se embora. Não deu três minutos, Januário foi-se embora também.

E agora eu estou aqui furando meu regime enlouquecida. Já comi pão, sorvete, pão com sorvete e o pote todinho de fios de ovos que Zuleide comprou pra mim.

(Zuleide não é uma capeta de me dar fios de ovos? Isso é presente que se dê? Eu amo fios de ovos.)

Ói, não quer confusão? Fique solteira! Eu não sei o que acontece na minha vida. Eu passo décadas sem gostar de ninguém, sem conhecer ninguém. Quando me aparece um homem, aparece logo outro atrás. O negócio vem é em dupla!

E o outro que vem atrás é sempre Januário. Vou lhe dizer, Januário meio que está empatando minha vida, viu? Vou ligar pra Evandro.

(quase duas horas depois)

Vilge Maria! Estou com a orelha quente aqui de tanto falar no telefone com Januário. Pois é, parei de escrever pra ligar pra Evandro, mas acabei ligando pra Januário. Liguei e fui logo dizendo que eu errei de ligar pra casa dele, mas que ele errou mil vezes mais de aparecer aqui na porta da minha casa!

E, pasme, querido diário, nem no Rio de Janeiro o diacho do homem está mais! Pois é! Januário fez essa bagunça toda na minha vida só porque estava de passagem pela cidade ontem!!!

Mas eu acho-te uma graça... Primeiro, aparecer sem marcar. Já está errado porque isso não é coisa que se faça. Eu já avisei pra ele que acabou com esse negócio de aparecer de surpresa. Depois, que ele está lá, casado, e vem aqui sassaricar pra estragar meu negócio... Tá errado também. Está casado? Fique casado. E pronto!

Fiquei pensando aqui, agora, eu acho que meu tempo com Januário passou, não sabe? O amor pra acontecer precisa de muita coisa. Precisa de um gostar do outro, precisa que esse gostar dos dois aconteça ao mesmo tempo, porque, às vezes, não bate. Um gosta uma hora, o outro gosta outra hora... e fica aquele desencontro. É o que mais tem, é ou não é? Precisa também, além dos dois gostarem e desse gostar ser na mesma hora, precisa da coisa mais difícil: que "gostar" queira dizer a mesma coisa pros dois. Porque também tem isso, tem gente que acha que gostar é o quê? É ficar agarrado, grudado o tempo todo. Pra mim, por exemplo, esse tipo de gostar não presta. Ai, sei lá... Vou ligar pra Evandro.

Evandro não atendeu.

(03.05.22)

Com certeza Evandro vai desistir de mim. Ele preferiu não conversar, por telefone, sobre a aparição de Januário aqui em casa. Eu achei ótimo, porque também prefiro conversar olhando no olho da pessoa.

Aí, né, eu já vestida de arrependimento dos pés à cabeça, que eu sei que o certo era eu ter apresentado Evandro como meu namorado e coisa e tal... Mas é muita falta de costume da minha parte, compreende?

Evandro chegou!

(mesmo dia, de noite)

Evandro foi chique. Ele falou que ficou chateado, mas não espezinhou. Eu acho que a pessoa tem que ser assim. Não é porque você está com razão que pode ficar macerando e esfregando sua razão na cara do outro. Poxa, quem está errado também se irrita, né? E Evandro foi chique, aliás, ele é chique. Colocou o ponto dele. Eu concordei logo. E aí ele já emendou falando de Petrópolis e que lá é a cidade imperial, e que isso e que aquilo e que eu tenho que conhecer... Resultado?

Eu topei, né?

Até porque, depois de toda essa presepada, eu não estava em condições de dizer que não queria viajar pra cidade imperial.

Marcamos a viagem pro próximo final de semana. Vou ter que ir pra Petrópolis de todo jeito.

Mas eu estou enrolando mesmo é pra contar o ponto principal da visita de Evandro, porque... além da vergonha, eu não sei nem explicar como é que a coisa escalou tão rápido. Só sei que, quando eu vi, Evandro já tinha tirado minha blusa e o negócio estava assim, como dizem... fervendo!

De repente, só escuto aquele *clic, clic* na porta, e eu:

– Valei-me, minha Nossa Senhora... Deve ser ladrão!

Só sei que não deu tempo nem de vestir minha blusa nem de Evandro vestir a dele.

Quando eu vejo, está Ryan no meio de minha sala, com os *zóio embutucado* em cima de Evandro. Eu, com aquela cara lisa, tentando abotoar minha blusa, os botões tudo fugindo dos meus dedos. Minha cabeça caçando alguma coisa qualquer pra dizer. Mas vou dizer o quê? "Não é nada disso que você está pensando, meu filho!", não dá, né?

(Aliás, sempre achei muito engraçado quando os personagens dizem isso nos filmes. A pessoa é flagrada na cama com outro e diz "não é nada disso que você está pensando". Acontece que o outro não está "pensando", o outro está "vendo"! E Ryan estava vendo a mãe dele de sutiã na sala com um homem desconhecido sem camisa.)

Na hora, em um segundo, eu pensei em várias coisas pra dizer ao mesmo tempo, mas acabei dizendo:

– Ryan, o que aconteceu com seu cabelo, meu filho? Está azul!

Isso foi tudo que eu consegui dizer. Ryan estava indignado.

– Qual é a importância do meu cabelo azul??? Eu podia estar até careca que não ia ter importância nenhuma agora. Mãe, quem é esse senhor pelado na nossa sala?

Ryan é tão exagerado. Evandro nem pelado estava...

Benza Deus, não tenho mais idade pra isso não, viu? Evandro pegou a camisa e saiu, pedindo desculpa e com licença, e desculpa e com licença. Eu só tive tempo de dizer, desculpa, com licença e desculpa e com licença.

Ryan ficou parecendo um marido traído, bateu pezinho e tudo. Eu tentando me explicar, me engasgando toda, gaguejando... Parecia que eu tinha três línguas dentro da boca!

Até que, de repente, eu olhei assim para aquela situação e vi que eu não estava fazendo nada errado! Essa casa é minha, que eu comprei com meu suor. Ryan nem mora mais aqui, nem disse que vinha... Aí, de repente, eu dei aquele basta.

– Epa, epa! Acabou de tanta explicação! Você é meu filho, não é meu marido! Que negócio é esse??? E nem aqui mais você mora. Tá pensando o quê? Tem que tocar a campainha e avisar que está chegando. É bagunçado, mas tem gerência!

Ryan fez o indignado:

— Como é que é??? Eu tenho que avisar pra vir na casa da minha própria mãe???

— Tem, sim, meu filho! Eu sou sua mãe, mas também sou uma pessoa. Que negócio é esse? Eu dei minha vida pra criar você e seus irmãos. E agora vocês estão tudo grande, crescido, educado, alimentado, vestido! Vocês somem, desaparecem parecendo uns fantasmas, cada um tocando sua vida, e eu não digo nada. Eu faço o quê? Eu entendo! É isso mesmo, é cada um tocar a sua vida. Mas você quer o quê? Eu não estou morta não! E, além de mãe, eu também sou mulher. E daí? Vocês nasceram foi pelo meio das minhas pernas, mas a última que saiu não cimentou o caminho não... Isso me faz menos mãe? Me faz uma mãe pior? Eu estou namorando, sim, e qual é o problema??? Meu filho, eu fiz e faço tudo por você e seus irmãos, mas eu também quero ter minha vida! Quero poder fazer alguma coisa por mim também. Você quer o quê? Vocês fazem o que querem. Marcam de vir e não vêm. Cada um preocupado com a própria vida, e eu tenho que ficar aqui sozinha, disponível 24 horas do dia? Não dá não, Ryan! É isso que você quer pra sua mãe? Uma vida de arrastar chinela esperando os filhos ligarem?

(05.05.22)

Ryan tá sem falar comigo tem dois dias. Eu já fiz dois bolos, macarrão à bolonhesa, e nada...

Agora ele ligou pra Magno, e os dois estão pra mais de vinte minutos confabulando no celular, provavelmente sobre a minha pessoa. Filho é tudo igual. Eles acham que a nossa vida é só em função deles! Se bem que a minha vida até que foi mesmo só em função deles, né? Vai ver que é por isso que eles têm essa impressão. Porque até eu tenho essa impressão...

E o problema é justamente esse. Eu tenho 67 anos e a minha vida, nos últimos quase cinquenta anos, foi em função dos meus filhos. Aliás, deixa eu lavar as roupas de Ryan que ele não voltou com uma peça limpa!

(06.05.22)

Artista é engraçado, resolve os problemas da vida real fazendo uma coisa que não é tão real, tipo uma música, uma poesia, um livro... E aí eles resolvem o problema! Só sei que estava eu dormindo, quando escuto Ryan tocando na sala. Eu estranhei porque, quando ele quer tocar e criar as coisas dele, ele faz isso lá em cima, no quarto dele. Mas não...

– Está tocando na sala, meu filho? – eu perguntei assim, com aquele tom de preocupação que só as mães conseguem dar pra qualquer coisa.

– É uma serenata pra senhora, mãe, porque eu fiz uma música.

E aí, esse menino pegou e cantou a música mais linda que eu já ouvi nesse mundo. Eu não vou saber falar a música toda, mas, só de pensar, já tô aqui com os olhos cheios d'água...

Na música, Ryan diz mais ou menos assim no refrão:

Minha mãe virou mulher.

Óia pra isso! Tem coisa mais linda? "Minha mãe virou mulher..." É forte ou não é? A música diz que, assim como mãe sempre vê filho como criança, filho também tem essa miopia, de não conseguir ver a mãe de longe e perceber que ela é uma mulher. Que, assim como a mãe tem que libertar o filho pra ele crescer, os filhos também têm que libertar a mãe, aceitar que um pedaço daquela história acabou, mesmo com o amor sendo eterno, e dar essa liberdade pra própria mãe. Sei lá... Acho que foi isso, dito com outras palavras, muito mais lindas.

Eu estou até respirando melhor. Sabe? Aliviada?

Porque ser mãe é bom, é tudo nesta vida, é o maior amor que existe, mas é um sacrifício também. Ser mãe cansa! Enche o saco. Tô falando a verdade, né? Ou alguém acha que é prazeroso repetir todo dia a mesma coisa? Todo dia perguntar se já escovou os dentes, falar que tem que dar a droga da descarga. Educar tem um lado chato demais! Mas vamos fazer o quê? Tá certo que filho é pra sempre, mas a coisa de ficar educando, não. As mães têm que entender que o serviço delas uma hora acaba. Educação não é pra sempre não. Eu mesma estou aqui falando, mas demorei pra entender isso. Foi preciso meus filhos todos saírem de casa! E olhe que eu segurei essas crias enquanto pude. Mas, de repente, em um ano, *vupt*, todos saíram de casa.

Doideira, né? Hoje eu vejo que toda mãe merece um dia sentir essa liberdade de novo.

Só sei que foi lindo aqui com Ryan ontem. Eu choro só de lembrar e agradeço a Nossa Senhora por tudo que ela me dá nesta vida. Eu e Ryan nos abraçamos e a gente chorou. E eu agradeci a ele por entender que eu também preciso ter esses anos de vida pra mim, mas que, se ele ou qualquer dos irmãos precisar de mim, eu largo tudo... E ele disse que sabe. Foi um dos momentos mais lindos da minha vida. Comparado só com os dias que eu pari meus filhos.

Mas hoje quem nasceu fui eu.

(08.05.22)

Só agora que Ryan chegou que eu percebi como a minha rotina tinha mudado sem as crianças aqui. (Mania que eu tenho de chamar esses marmanjos de crianças!)

Mas pense bem. Antes, eu acordava e ia fazer café pras crianças, bater roupa das crianças na máquina, procurar Domênico, essas coisas.

Aí, quando todo mundo foi embora, ficou aquele vazio, cada dia com cinquenta horas que não passavam nunca! Mas aí teve o dia que eu passei mal, conheci Zuleide, uma coisa foi levando a outra... E, de repente, eu já tinha minha outra rotina. Acordar já pra minha caminhada, uma vez por semana fazer as unhas, minha gafieira toda quinta. Sábado tem meu encontrinho semanal com a Zuleide e com as meninas da gafieira, porque a resenha é sempre a melhor parte...

E tem Evandro.

É claro que Ryan está estranhando! O bichinho está se esforçando pra não reclamar. Eu só vejo ele com aquela carinha de pidão, assim, como quem diz: "Faz pelo menos um bolo de carimã, pelo amor de Deus". Eu até fiz o bolo, tadinho...

Agora, minha viagem pra cidade imperial eu não vou

cancelar não. Até porque Evandro já pagou tudo e já está tudo combinado, e eu não vou fazer essa desfeita pra ele. E nem pra mim.

Acabou que, de tanto Evandro falar, eu fiquei com vontade de conhecer a tal da cidade imperial. Evandro é mineiro e diz que lá na terra dele tudo que é cidade é imperial, mas eu, na verdade, conheço muito pouco do Rio de Janeiro. Estava sempre tão ocupada resolvendo coisa, sobrevivendo, dando de comer pros meninos, procurando Domênico, que imagina se eu ia ter tempo pra ir passear de bondinho, de subir em Cristo Redentor, de conhecer cidade imperial?!

Não queria dizer isso, mas a verdade é que eu estou meio sem jeito de dizer a Ryan que eu vou viajar com ele estando aqui em casa... Não é questão que eu não tenha coragem, que eu ache que eu não tenho o direito, mas é que... é meu filho, né? Parece que eu estou abandonando meu filho pra dar trela pra macho, sei lá... Eu sei que, se você pudesse falar, querido diário, você diria que eu estou doida, que eu tenho mais é que viajar e que daqui a pouco Ryan vai embora e desaparece atrás de qualquer rabo de saia. E você está certo, querido diário...

(um pouco depois)

Tive que parar de escrever porque Ryan não encontrava a toalha, todo molhado andando pela casa! Misericórdia!

Agora adivinha onde estava a toalha??? No mesmo lugar de sempre! Eu fico me perguntando por que é que filho não encontra as coisas. Deve ser porque sempre tem uma mãe besta pra ir atrás e achar por eles. Mas o bom foi que na hora que peguei a toalha eu disse:

– Está aqui sua toalha, e eu vou viajar com Evandro pra cidade imperial.

E Ryan:

– Como é que é???

Eu repeti:

– Está aqui sua toalha, e eu vou viajar com Evandro pra cidade imperial.

Ryan ficou me olhando assim, torceu a cabecinha pra um lado, para o outro e disse:

– Você vai viajar enquanto eu estiver aqui? Eu vou embora em três dias, mãe.

– Meu filho, eu, você e seus irmãos, todo mundo nesta casa tem que entender que vocês estão crescidos. É como você mesmo disse na música. Eu tive que aceitar que filho a gente cria pro mundo. E isso dói. Pensa que não dói? Eu passei quase um ano que nem uma alma penada aqui, arrastando chinela pela casa depois que seus irmãos foram embora. Porque mãe dá a vida pelos filhos, tira a comida da própria boca pra dar pros filhos, mas nada é mais difícil do que dar a liberdade pra um filho depois que ele cresce. Se mãe soubesse como dói essa despedida, não ensinava os bebezinhos a darem tchau na pracinha, porque uma hora eles dão tchau é pra você!

Eu respirei e só aí percebi que eu estava chorando.

– Eu passei a vida priorizando vocês. Tudo sempre foi vocês em primeiro lugar. Mas será, meu filho, que eu tenho sempre que ser a última na minha fila de vontades? Mesmo sem perceber, a gente escolhe ser mãe todo dia. Porque ser mãe é muito mais do que amar, ser mãe é dar o que você não tem, meu filho. Você é livre pra fazer suas turnês, pra morar em seus hotéis, pra ir e vir. Magno é livre pra morar com Lídia em Angra. A Camila e o Domênico... Ave Maria! Pensar que eu passei vinte e sete anos procurando esse menino e, quando achei, o danado não ficou nem seis meses morando comigo! E ainda levou Camila e Caio junto pro negócio em São Paulo! E eu fiz o quê? Aceitei, dei força, apoiei... Érika eu já sabia que ia pro mundo mesmo, mas que ela iria viver num barco já era demais pra minha imaginação! E eu faço o quê? Eu aceito. E agora chegou a hora de vocês darem minha liberdade de volta. E sem reclamar! Minha vida voltou a ser minha, Ryan. Eu sofri com isso no começo, senti um vazio danado no peito, mas depois eu aprendi a gostar. Agora, dizer que eu não me sinto culpada porque estou gostando? Aí já é mentira, porque eu sinto, sim, um pouco de culpa, de vergonha de estar com vontade de viajar... Mas tu nem me avisou que vinha, menino! Entrou aqui e me pegou no maior flagra... Evandro está até hoje sem coragem de lhe conhecer por causa disso! É justo eu ter que desmarcar minha viagem pra provar que eu te amo, que eu sou sua mãe? Eu te amo muito, mas você precisa combinar comigo quando quiser me ver, porque você cresceu já... E eu quero fazer minhas coisas. Eu quero conhecer a cidade imperial, seja lá que diabo isso for! Dizem que lá tem os móveis de Dom Pedro e tudo mais. E dizem que a privadinha é que nem uma cadeira furada, com um penico embaixo. Veja cada coisa que o povo inventa pra ser rei! Eu sempre vi tudo e fiz tudo pensando pelos olhos de vocês. Agora, eu quero ver as coisas pelos meus próprios olhos, Ryan. Eu também mereço ser a primeira da fila alguma vez.

Nessa hora Ryan me abraçou tão forte, mas tão forte, que eu até achei que tinha ouvido um *crec* aqui na minha costela. Ele disse que eu mereço tudo, me chamou de rainha e disse que depois de Petrópolis ele vai me obrigar a conhecer a Europa, ou então os Estados Unidos! Eu já perguntei logo se inventaram o teletransporte por acaso, porque entrar num avião na minha idade, Deus é mais! É dar muita sorte pro azar! Ave Maria! Até isolei aqui...

Resultado: tudo às mil maravilhas, e, como dizem os jovens, "partiu" cidade imperial.

Agora, eu vou é correr, que a viagem com Evandro é amanhã! Ele até alugou um carro. Isso é uma coisa que gosto de Evandro, ele é um homem que resolve as coisas. Deve ser porque vive sozinho há muitos anos.

Não sei se vai dar tempo de escrever durante a viagem. Perigo levar esse diário pra viagem. Imagine se Evandro lê isso? Ave Maria!

(11.05.22)

A viagem durou três dias, mas parece que foram dez, de tanta coisa que aconteceu! Como o tempo passa diferente quando a gente está fora de casa, né?

Para começar, vou logo dizer que eu achei que fosse ficar superpreocupada com Ryan, se ele estava comendo, se esqueceu o fogo aceso, se isso, se aquilo. A gente numa estrada belíssima, Evandro fez até uma seleção musical de primeira, coisa fina com Frank Sinatra e tudo mais. E eu falando de Ryan... Até que Evandro se vira pra mim e diz que Petrópolis era pertinho do Rio e qualquer coisa podíamos voltar. Evandro é do tipo de pessoa que sabe dizer as coisas, compreende? O que ele quis me falar é que eu não precisava me preocupar e que Ryan já era crescido, mas o jeito que ele escolhe de dizer as coisas sempre funciona. Resultado, parei de pensar em Ryan ainda subindo a serra e só fui me lembrar dele quando abri a porta de volta em casa.

Evandro tinha escolhido um hotel muito fino e eu fiquei o primeiro dia todinho imaginando o preço das coisas! Cada cadeira ornada, as colunas todas trabalhadas, as cortinas pesadíssimas! Minhas costas até doeram só de pensar no trabalho que devia dar limpar aquilo ali!!! Os móveis eram finíssimos, parecia que o próprio imperador, sei lá, que Dom Pedro e a família dele todinha tinham morado ali. Era veludo pra cá, cotelê pra lá, bordado em tudo que era coisa. Imagine que até o guardanapo era timbrado com dourado assim... uma beleza! O hotel não tinha nome não, tinha era brasão, tá compreendendo?! Logo na primeira refeição, que era almoço, eu resolvi que ia pegar cinco guardanapos por refeição. Contando que a gente ia ficar três dias eu pensei, vão dar uns quarenta guardanapos! Já dá pra dois almoços de festa lá em casa. E assim eu fiz! Resultado: estou com quarenta guardanapos finíssimos aqui, guardadinhos!

Quando nós chegamos no quarto, meu querido diário, pense num quarto chique! Tudo imperial pra lá, colonial pra cá... Olhe, até o ovo mexido era colonial! O café da manhã, então, Ave Maria! Que desperdício de comida! Evandro fez questão de pedir o colonial completo todos os dias. Eu já não tinha mais onde congelar minicroissant porque a geladeirinha do quarto era uma coisa mínima! Mas, agora, aqui em casa, tem minicroissant pra um ano! Eu odeio desperdício! Prefiro trazer tudo pra casa do que desperdiçar. Vai que eles jogam fora as coisas que voltam do quarto? Já pensou que pecado?

A casa do imperador, que virou museu, é uma coisa maravilhosa. A privadinha é mesmo uma graça! Uma cadeira furada com um penico por baixo. Muito bem bolado! Até o interior do vaso sanitário do rei era pintado com motivos florais! O cocô real era um cocô finíssimo!

Ai, ai, só rindo... Quem tem muito, tem tanto, e quem tem pouco, tem quase nada! Esse que é o problema do

Brasil. Se dividisse melhor, tinha riqueza pra todo mundo. E riqueza que eu digo é dignidade, compreende? E uma coisa me lembrou a casa de minha avó lá em Malaquitas: a sala de música. Claro que a sala de música do imperador era chique no último, com dois pianos... ou eram três? Tudo pintado, bordado de ouro. Não era dourado não, era folha de ouro, ouro mesmo! Está pensando o quê? E lá tinha até uma harpa! Eu acho harpa a coisa mais linda... Tinha também uns bancos assim, tudo de veludo! Olhe, quanto veludo... Haja aspirador de pó! Coisa de filme mesmo...

E na casa de minha avó não. Na casa de minha avó tinha dois acordeões e uma pianola com algumas teclas pretas faltando. Mas, como não tinha rádio, nem luz elétrica, nem nada, o coroinha passava vendendo as partituras, e *voinha* sabia ler. Ela não lia as palavras, mas lia as notas das músicas! É um tipo de conhecimento antigo, compreende? Ela lia e passava pros meus primos. Então, era: ela na pianola, meus primos cada um com um acordeão. E eles tocavam as músicas.

Acho que a cidade imperial foi, depois das tardes na casa de *voinha,* a experiência mais refinada que eu já tive. Ainda bem que Evandro insistiu pra gente ir.

Eu sei. Estou enrolando de novo... Falando dos passeios, do passado e tal, e fugindo do principal. Pode perguntar, querido diário: "Conta, Lurdes, como foi a parte de dentro do quarto, na viagem?".

Ai, que vergonha...

Ai, que vontade de contar e ai que vergonha ao mesmo tempo!

Perainda que eu vou contar, até porque é pra mim mesma! Então, eu já sei o que eu vou contar. Não tem novidade. Hahaha. Ai, ai, se alguém, um dia, pegar e ler esse diário, eu vou ter que matar a pessoa! Deus é pai! Dá nervoso só de escrever!

O quarto, como eu já disse, era belíssimo, e a cama tinha aquele negócio de princesa, como chama mesmo? Dossel. A cama tinha dossel!!! E a cama era tão grande que dava pra gente dormir sem nem se encostar. Não que eu estivesse querendo isso, longe de mim. Eu queria mais era me encostar em Evandro.

Eu cheguei no quarto tranquila, porque pensei que, se a coisa fosse rolar, o lesco-lesco e o vem cá meu bem... enfim, se fosse acontecer de a gente tirar a roupa e... você sabe do que eu estou falando, né? Então... Eu pensei que, se isso fosse acontecer, seria de noite. Mas aí... eu só sei que Evandro é danado, viu? A gente entrou assim e, quando vi, eu já estava na cama com dossel e Evandro me beijando toda e...

Para falar a verdade, eu nem sabia o que era o tal do orgasmo que o povo fala tanto, né? Até que, de repente, me veio aquela tremedeira percorrendo todo o meu corpo assim, e eu: "Ai, ai, ai, ui, ui, ui... O que é isso???". Eu fiquei até assustada na hora. Depois, como veio, a coisa foi. E eu senti um relaxamento, compreende? Evandro nem se preocupou com ele.

No final, ele me olhou doce, assim, rindo, me chamou de rainha, e a gente ficou olhando o dossel. Eu encostei meu pé no pé de Evandro. Evandro encostou a mão dele na minha e eu pensei: o amor não tem idade. De noite, nós dormimos de conchinha. Parecendo duas colherezinhas coloniais encaixadas na gaveta de Dom Pedro, na cidade imperial.

(Agora, depois que eu conheci o tal do orgasmo pessoalmente, cara a cara, eu entendo menos ainda a brutalidade de Jandir quando ele me possuía. O porquê daquilo, a raiva daquilo. Eu nunca tinha entendido por que uma mulher dizia que gostava de sexo. Minha prima Cidinha, mesmo, dizia mil maravilhas, que sentia isso e aquilo, e eu jurava que ela estava mentindo. Mas Cidinha era danada... Cidinha que sabia das coisas!)

Nós passeamos de charrete, fomos num tal Palácio de Cristal. Uma beleza! Agora, no último dia, eu conheci o paraíso. Eu nunca vi tanta confecção junta! Só sei que eu comprei presente pra TODO MUNDO pros próximos dez natais! Misericórdia! Me esbaldei na tal da Rua Teresa.

E Evandro? Ô *hômi* gentil, minha Nossa Senhora! Enquanto eu me acabava lá nos baldes de top, shortinho, cada calça de moletom daquelas que Ryan ama... Sabe o que Evandro fez? Evandro comprou uma mala pra mim! Acredita?

Chega eu tô até com minha mão doendo de tanto escrever! Vou parar um pouquinho.

Só mais uma coisinha. Quando cheguei em casa, Ryan tinha mudado a data de ir embora, e eu pensei: "Tá vendo, dona Lurdes? Quando tu se estica menos, eles se esticam mais".

E agora eu vou dormir, que amanhã vem Magno com Brenda e Lídia, e eu vou fazer uma feijoada.

Detalhe: Ryan e Magno se uniram pra me dar um ultimato, e amanhã é dia de apresentar Evandro pra família.

(13.05.22)

Ontem foi um cansaço que só a bênção! Mas eu estava com saudade, assim, de reunir a família, de ouvir aquele *conversê* no quintal, todo mundo falando alto, Ryan afinando o diabo do violão por horas, Brenda naquela bênção daquele celular! Ave Maria! Eu tinha me esquecido como adolescente é chato! Ô idadezinha insuportável! Se bem que eu estou sendo má, porque a bichinha lavou toda a louça no maior bom humor.

Acho que eu tô é cansada ainda de ontem... E eu também fiquei nervosa porque Magno e Ryan iam conhecer Evandro. A verdade é que eu estou gostando de Evandro, então queria que fosse tudo bem.

Ryan é muito ciumento! Minha Nossa Senhora, tudo é: "Eu quero meu pedaço primeiro, eu quero meu pedaço maior, eu quero o meu com mais calda...". Não sei quem foi que mimou esse menino tanto! Devo ter sido eu, né? Já Magno não. Magno fica, assim, no canto dele, mais olhando, mais querendo ver. Sempre educado, cedendo a vez. Eu digo que ele está guardando a peixeira! Mãe conhece os filhos feito a palma da mão, né?

Mas deu tudo certo graças a Evandro! Tudo começou porque (eu nem sabia!) Evandro desenha tudo que é tipo de animal. E Brenda quer ser veterinária, né? Aí, pronto!

Evandro pegou o caderno de Brenda, e ela:

– Faz um pinguim.

Ele ia lá e desenhava um pinguim. E Brenda:

– Rinoceronte.

E Evandro, *pei*, desenhava o rinoceronte.

Olhe, um talento escondido! Aí, eu fui entrar no desafio e disse:

– Quero ver você fazer uma rosa. – Evandro foi sincero:

– Só sei desenhar bicho, Lurdinha...

O bichinho até que tentou. Pegou e desenhou, assim, mas, olhe, ficou horrível a flor, e a gente riu muito com isso! E *nique* eu estava rindo, no hábito do amor, peguei e beijei Evandro na boca na frente de todo mundo...

Aí foi aquele silêncio na sala. Ryan até se engasgou! Rsrs. Mas o fato é que Evandro ganhou Magno com o negócio do desenho, porque ganhou Brenda. E, ganhando Magno, tudo já fica mais fácil.

E Lídia? Ai, que eu me acabo de rir com aquela doida! Sempre me empurrando o tal do gim tônico! E olhe que agora ela nem bebe, mas quer porque quer que eu beba! Quando eu vi, já tinha ligado o caraoquê e já estava cantando "Amor perfeito", do Rei. Não tem música mais linda!

Ryan que me desculpe, mas o Rei é o Rei e nunca perde a majestade! E aí vem Evandro e canta comigo. Não só "comigo", como ele canta "para mim"! Tá bom pra você? Evandro não para de me surpreender. Eu só sei que ele foi embora com todo mundo adorando ele.

Acordei hoje com aquela ressaquinha que só um gim tônico pode lhe dar e com a ligação de Camila avisando que estava vindo pro aniversário de Caio. Olhe, eu estava com tanto sono que quase pergunto quem é Caio! Hahahaha! Eu não estou valendo nada, viu?

Camila percebeu e até se magoou. Aquela ali é sentimental. Ela disse que já tinha acertado passagem, que pegou férias na escola e tudo, e que chega semana que vem. Disse que a festinha vai ser aqui no quintal e tal e coisa. E eu: "Maravilha!". E ela me garantiu que vêm os cinco irmãos! Até Érika, que estava aportada não sei onde, chega aqui semana que vem!

Estou feliz! Fui ver aqui e desde abril do ano passado não tenho meus cinco filhos todos juntos em casa! Desde que eu encontrei Domênico.

Resultado: eu tenho é coisa pra fazer!

- Terminar a reforminha lá no banheiro de Magno
- Fazer a lista de compras
- Ver negócio de bolo

Ave Maria, se eu começar a pensar nisso agora não vou nem conseguir dormir.

(Pelo menos já achei os copinhos de cada um com as iniciais marcadas com esmalte. Ah, tem que marcar os copos, senão eles usam um copo pra cada gole de água! Foi minha avó que me ensinou isso. Vou reativar os copinhos!)

Zuleide está triste comigo. Disse que eu sou uma péssima amiga e que eu sumi desde que comecei a namorar Evandro. Eu disse que ela está sendo injusta, que eu sumi, mas foi depois que Ryan chegou. Falei, argumentei, mas, no final, tive que concordar que Zuleide está certa. Estou sendo uma péssima amiga.

Está difícil administrar tudo e vai piorar! Evandro, Ryan, aniversário de Caio, os cinco filhos chegando... Quando eu falei isso pra Zuleide, ela riu e a gente fez as pazes. Ela queria era que eu concordasse com ela. Agora, combinamos de ir juntas no Saara comprar as coisas pro aniversário de Caio. Zuleide não pode ouvir falar em festa que já se anima!

(mesmo dia, de noite)

O Saara foi uma revelação. Eu e Zuleide soltas naquela bagaceira, foi lantejoula pra lá, tule pra cá, tafetá, organza, lese! Gente, há quanto tempo eu não via uma lese com bordado duplo?! Zuleide conhece cada buraco no Saara que só vendo. Eu, boa de pechincha... Já viu, né? Só sei que, além das coisas pra festa de Caio, decidimos fundar uma confecção de fantasias.

Minha avó era costureira e eu aprendi muito com ela. Sei fazer melindrosa, pirata, havaiana... Hoje em dia, esses modelos antigos fazem sucesso. O povo chama de *vintage*.

A gente vai ganhar muito dinheiro fazendo fantasia *vintage*! Até já disse a Evandro que agora é, ó, focar no carnaval. Aproveitar que tem tempo. Até fevereiro do ano que vem tem o quê? Tem oito meses! Quer dizer, é o tempo certinho.

- *Pirata*
- *Melindrosa*
- *Arlequim*
- *Bate-bola*
- *Baiana*
- *Havaiana*

(**19.05.22**)

Fiquei foi quase uma semana sem escrever, porque, olhe, a vida não dá tempo não! Misericórdia! Fui ajeitar o botão da descarga do banheiro de Magno pra quê? A coisa virou foi uma reforma completa! Conhece o "Jaque"? O "Jaque" está presente em toda obra: "*Já que* mexeu nisso, ajeita aquilo, *já que* buliu aqui, resolve ali. E nessa de *já que* isso, *já que* aquilo, a obra não acaba nunca.

Evandro me ajudou tanto, tanto, que eu estou até ficando com medo desse *hômi*, de tão perfeito que ele é! Não é possível uma coisa dessas. Será que Evandro é um psicopata?

Deus é pai!

Eu estou é doida de tão cansada.

Camila chega amanhã com Danilo e Caio. Érika e Davi chegam daqui a pouco com o pobre do Pedrinho, meu marinheirozinho. Magno e Lídia vieram de Angra pro almoço e já vão ficar direto pra festa de Caio. Mas vão ficar lá na mansão de Lídia. E aí, às oito, é a festa de Caio.

Já avisei a Evandro que agora vai ser loucura nesta casa, que ele compreenda. Zuleide está que não para de querer marcar reunião pra falar da confecção, parece até que o carnaval é amanhã! Como é ciumenta a Zuleide! Só rindo.

Eu já disse a ela:

– Zuleide, Zuleide, você me conheceu sem filho, mas eu tenho é cinco frangos debaixo destas asas aqui.

Mas fazer o quê? Aquela ali salvou minha vida, é amiga de verdade, tá no direito de reclamar. Sem falar que Zuleide é uma amiga dessas que sabe das coisas da vida. Sabe como é? Aquela pessoa que olha, assim, e entende o ser humano? Ontem mesmo ela me viu assim e já perguntou:

– O que foi, Lurdinha?

E eu falei pra ela que estou feliz que meus filhos vão chegar, mas que estou com saudade da aula de dança de salão. Pode um negócio desses? E Zuleide disse que é claro que eu estou com saudade. Eu comecei a fazer essas aulas e a ir na gafieira pra passar o tempo, mas aí veio Evandro, e coisa e tal, eu peguei gosto pelas aulas, pela resenha com as amigas depois. Compreende? A coisa mudou de figura.

Foi só aí que eu reparei uma coisa engraçada: quando Ryan viajou e levou as coisas dele, eu fiquei mais que sozinha, eu fiquei solitária mesmo! Batendo chinela aqui dentro dessa casa, aquele vazio por todos os lados. Mas aí, depois, eu fui ocupando a casa toda! No quartinho dos fundos, que era de Magno (ainda é, né?), agora eu boto minhas costuras lá. Evandro até diz que lá é o meu ateliê! Pode uma coisa dessas? O quarto de Érika e Camila eu uso pra passar roupa, já deixo minha tábua armadinha, é uma beleza! O quarto de Ryan é como se fosse o depósito. Ele até reclamou que tem umas caixas lá em cima. É que o sabão de coco estava em promoção, aí eu peguei e comprei logo quatro caixas e Zuleide, mais quatro. Aliás, tenho que levar as caixas de Zuleide!

Isso tudo pra dizer que tem um lado meu que estava gostando de ficar aqui em casa sozinha. Ô dó! Como é bom lavar dois copinhos e esquentar a comida toda numa mesma panela, mas, por outro lado, é claro que eu estou com saudades dos meus filhos todos juntos.

Olhe, chega de filosofia, viu? Deixe eu ir pra cozinha botar meu feijão de molho que amanhã começa o furdunço!

(03.06.22)

Foi tão bom ter meus filhos todos juntos de novo! Eu reclamo, falo que isso, que aquilo, mas eles são a minha vida. Não tem alegria igual a ter filho perto da gente. Credo, como é bom! Quer dizer, assim, né... É claro que são sempre aqueles mesmos problemas. É toalha molhada em cima da cama, é Ryan aporrinhando todo mundo, Camila dando palestrinha sem parar, Magno só de butuca... Todo mundo "mãe, cadê?", "mãe, eu quero!", "mãe, me dê"... Ô palavra doce é "mãe". Se eu ganhasse cinquenta centavos cada vez que esses meninos dizem "mãe", eu estava rica!

A festinha de Caio foi uma graça. Camila é uma mãe tão caprichosa. Mas a bicha é controladora! Só vendo... Eu quase que tive que implorar pra Camila me deixar enrolar um brigadeiro! Ela já chegou com tudo encomendado, tudo organizado. Eu querendo ir no Saara de novo com Zuleide pra gente comprar decoração, mas que nada! Camila já trouxe foi tudo de São Paulo! Essa menina é uma bênção mesmo, nunca me deu trabalho!

Magno me contou que a oficina dele está o puro progresso, que de Angra já estão abrindo outra em Paraty. Lídia agora cismou que vai abrir um posto de gasolina. Ou seja, isso deve dar dinheiro, porque se tem uma coisa de que rico entende é de ganhar dinheiro! Brenda está naquela fase chatinha, mas é prestativa a bichinha. Uma hora em que estávamos só nós duas, ela confessou que pensa na mãe. Mas também pudera! Leilinha Pé na Cova passou oito anos em coma pra depois não ficar nem dois anos com a filha! Mas deixa pra lá. É como eu disse a Brenda: "Tem coisa que é o que é". E não adianta nem ficar tentando entender, nem nada. É deixar pra lá e pronto! Deus sabe o que faz!

Lídia só faz ficar mais rica! Toda hora essa mulher herda uma fazenda, herda um prédio, uma empresa, uma fábrica! É uma loucura a quantidade de dinheiro que a família dessa mulher tem. Camila diz que vem tudo do tempo da escravidão, mas aí fica difícil de averiguar... Eu só sei que Lídia não se aporrinha com nada não. Nada com Lídia vira preocupação, vira tudo dinheiro. É tanta empresa, que ela tem uma empresa pra cuidar das outras empresas. Magno disse que eles têm um prédio no centro da cidade que é só o escritório da família, compreende? Imagine isso, um prédio! A verdade é que quem é pobre não sabe nem o que é ser rico. Mas eu gosto daquela doida. Lídia fica na dela, curtindo a vida, mas ela fica de olho, que de boba ela não tem nada. E, no final do mês, ela só vê o dinheiro entrando. E os presentes que a doida me dá? Eu fico apavorada de ser assaltada só de ter um colar de água-marinha em casa. Eu já quase que vendi, que eu queria ir no cruzeiro do Roberto Carlos. Mas agora decidi que eu vou guardar. Quando Brenda entrar na faculdade, dou pra ela.

Quando eu penso no tanto de alegria que meus filhos me dão... Érika virou uma mulher e tanto. Meu medo quando ela se casou com Davi, que embarcou naquele navio, era o quê? Eu pensei, "pronto que agora Érika vai virar esposa de ecologista". Sabe? Viver pra lá e pra cá atrás dos protestos do marido? Mas não, ela encontrou a luta dela. Todo lugar que Érika chega, ela já junta as mulheres locais, quer saber de tudo. Como é que elas vivem? Qual é a fonte de renda? E aí ela gerencia tipo uma linha de crédito... um negócio assim, mas coisa internacional, compreende? Ela analisa os projetos que já estão acontecendo, coisa e tal, e vê como faz pra incentivar. E em dois ou três meses ela já consegue implantar essas metas. Sei lá, é difícil de explicar. Mas é basicamente isso. Ela chega num lugar, vê as mulheres empreendedoras dali que já estão tentando e mais ou menos conseguindo alguma coisa, e aí ela seleciona os projetos que vão ganhar esse incentivo. O incentivo não é só dinheiro não. É ajuda pra se organizar, ajuda com negócio de desenvolver um programa de computador específico... Érika está até indicada a um prêmio de mulheres transformadoras do mundo todo!

Camila é viciada em negócio de estudar. Agora está fazendo doutorado. Ela ganhou aquele prêmio, né? De professora nota 10 depois da pandemia, porque ajudou naquela compra dos computadores e os alunos seguiram fazendo aula on-line. Imagine que Camila, mesmo durante a pandemia, não perdeu nenhum aluno! A turma dela foi a que teve a menor evasão do Brasil durante a pandemia!

Até porque a sala dela cresceu durante a pandemia ao invés de diminuir. É muito orgulho!

Danilo... ai, meu Deus, dizer o que daquele docinho de coco, daquele manjar? Queria tanto que ele trocasse o nome pra Domênico. Domênico é tão mais bonito que Danilo. Sem falar que ele nasceu num domingo... quem sabe um dia? Por enquanto, ele diz que é difícil, que não se habitua. Diz que a pessoa chama e ele não vira. Eu entendo, passar a vida toda sendo chamado por um nome, aí, de repente, ah, não, seu nome é outro. É difícil! Sem falar que ele começou na carreira como Danilo, né? Já teve a Coxinha do Dandan, que ele fazia lá no Bar do Seu Nuno. Depois ele abriu o restaurante aqui no Rio. Agora está com esse outro em São Paulo. É vegetariano o restaurante dele em São Paulo. Tudo orgânico, alcalino, produção social, e isso e aquilo... Olha, os legumes lá quase que têm nome!

Bichinho... Danilo chegou aqui no Rio e já teve que ir resolver o negócio da venda da casa dele lá, que era de Thelma. Pelo menos agora conseguiram vender. Eu acho melhor mesmo. Já se livra de uma vez do lugar que tem aquelas memórias, né? Já vai limpando... Mas quando ele vai lá e volta, fica só o bagaço. E ninguém tem o que dizer, né? Ser criado pela Thelma já não deve ter sido fácil, mas o final de tudo como foi, coitado. A pessoa ter que ir na delegacia denunciar a própria mãe por dois assassinatos... Isso com ela tendo sequestrado o filho dele, Caiozinho, tadinho... Passar por isso é uma coisa que acaba com qualquer um.

No dia depois da festa, eu vi Danilo assim num canto. Parece que, quando quer pensar, ele fica sentado ali naquela escadinha que tem no quintal. Nós já tivemos umas conversas boas ali naqueles degrauzinhos... Só sei que eu vi Danilo sentadinho ali, pensamento longe, peguei e me sentei do lado, sem dizer nada.

Eu reencontrei Danilo agora, mas ele nunca deixou de ser meu filho. Eu sei como ele é. Mãe sabe. É só a gente ficar calado por perto que ele se solta. Mas, se ficar perguntando, querendo saber, aí ele vira boca de siri, não abre por nada. Eu cheguei, fiquei na minha. Não demorou, ele virou e falou:

– Não precisava a Thelma ter morrido, você não acha, mãe?

Olha, eu fiquei até assim arrepiada na hora, sem saber o que responder. E ele continuou:

– Não precisava nada daquilo ter acontecido. Quando eu penso que ela matou a Rita e depois matou a Jane... Ela sequestrou meu filho... Imagine se o aneurisma não tivesse estourado? A polícia encontrou os documentos falsos que ela ia usar pra fugir com o Caio. Mas aí aconteceu o que aconteceu. Eu estou fazendo análise, você sabe, não sabe? E análise é tão bom porque, ao mesmo tempo que não muda nada do que aconteceu, até porque nada pode mudar o passado, muda o nosso jeito de olhar pro passado. E aí muda tudo.

Na hora, eu não entendi direito o que Danilo estava dizendo com esse negócio de análise, mas entendi que estava sendo bom pra ele, então comemorei:

– Que bom, meu filho! O importante é você estar bem.

E Danilo continuou:

– Eu tive muita raiva dela sabe? Primeiro, raiva por ela ter me isolado do mundo, ter mentido pra mim a vida inteira. Ela mentiu sobre quem eu sou, não é uma mentira qualquer. Depois eu fiquei com raiva por tudo que ela fez com a Camila... Pra começar, furar as camisinhas! E depois a implicância. Na hora a gente não entendia nada, ninguém entendia! Porque ninguém sabia que eu era seu filho. Eu só ficava pensando de onde vinha tanta implicância.

Foi aí que os olhos de Danilo se encheram de lágrimas e ele não conseguiu prender o choro. Era um choro conhecido meu, que ele deixava chegar e ir embora. E ele disse:

– Quando ela tentou te matar e não conseguiu e... Teve aquilo tudo dela fingir que você estava morta. Quando eu me lembro de que ela te trancou naquela casa... Não dá pra entender por que ela fez isso.

A analista de Danilo disse que Thelma ficou foi doida mesmo.

Agora está de noite, a casa está toda silenciosa. Não sei se dormiu todo mundo já. Érika e Davi deixaram Pedrinho dormindo e foram pra uma reunião. Com certeza deve ser sobre algum protesto, que aqueles dali não sossegam.

E agora meu pensamento não sai de Thelma. Era pra eu odiar essa mulher. Ela me trancou numa casa, mentiu sobre meu filho, sequestrou meu neto. Mas, sei lá... Thelma podia ter me matado, mas não matou.

A tragédia de Thelma, sabe qual era? É que ela *era* uma pessoa boa! Pode parecer loucura eu achar isso, mas é uma certeza que eu tenho comigo. Porque, se ela fosse uma pessoa ruim, não tinha tragédia. Era mais uma psicopata em ação, mais um Álvaro, por exemplo. Mas ela não... Thelma era boa, mas a vida a machucou muito. Eu entendo a Thelma. Toda mãe entende a Thelma um pouquinho. E, pra ser sincera, eu sinto às vezes saudade dela.

O que mais me impressiona nessa história toda sabe o que é? A ligação entre mim, Thelma e Vitória. Repare. A história na ordem direta é assim: Vitória engravida adolescente e decide que não quer o filho. Aí ela tem a criança e deixa na mão de Kátia, que ia vender o menino pra um casal de australianos. Mas os australianos não aparecem e Kátia se apega ao menino. Passa um tempo, o casal reaparece querendo o garoto. Mas aí Kátia já tinha se apegado a Sandro e decide não vendê-lo. Como ela resolve o problema? Indo pra Malaquitas comprar um bebê, e compra o primeiro filho de Rita, que viria a ser mãe de Camila. É o filho de Vitória que joga Kátia no tráfico de crianças, e ela vira e mexe está em Malaquitas querendo comprar um bebê. Nisso, o traste de Jandir, pai dos meus filhos, decide vender Domênico, bem no dia em que eu vou parir Érika. Enquanto isso, no Rio de Janeiro, a casa de Thelma pega fogo. O marido dela morre no incêndio e quando ela chega no hospital, recebe a notícia de que o filho também morreu. Aí, no meio daquele desespero maior do mundo, acontece o quê? O destino joga no colo dela um outro bebê... da mesma idade! Sendo que esse bebê era o *meu* Domênico.

Quando a gente descobriu tudo, que Danilo era Domênico, eu até pensei que de certa forma eu e a Thelma, a gente tinha uma história parecida, mas diferente. Porque ela perdeu um filho de dois anos e eu também. Só que o dela morreu e o meu foi vendido. Aí, anos depois, apareceu a mãe biológica de Camila, a Rita. Assim como eu, que sou a mãe biológica de Danilo, apareci. Só que eu fiz o quê? Aceitei, né? E eu sabia que Camila nunca ia deixar de ser minha filha. Mas a Thelma não, ela tinha medo de ser abandonada. Não sei se foi a morte do primeiro filho, ou o que foi...

Só sei que um dia, quando ela me contou toda verdade, ela falava assim, como se a coisa estivesse acontecendo ali, naquele momento:

– Ele estava vivo quando chegou! O meu filho estava vivo!

Isso falando do bebê que ela levou pro hospital quase vinte anos antes. Thelma me contou que foi a própria enfermeira que levou ela pra uma salinha assim, num canto, e entregou Domênico nos braços dela. Dá pra entender por que aquilo ali deu um curto-circuito no emocional da pessoa, não dá? Se bobear, até o tal do aneurisma nasceu aí nesse dia, tamanho o choque da situação.

Agora, veja como são as coisas. Anos mais tarde, eu descubro que o nome dessa enfermeira, que era conluiada com a diaba da Kátia, era Tânia. E eis que Tânia era irmã de quem??? De Eunice!!! A diretora da escola onde Camila foi dar aula. Esse mundo não é um ovo? Olha, parece coisa de novela mesmo!

Kátia era tão doida, mas tão bandida, que até o amor de mãe que ela sentia por Sandro era um amor bandido! A mulher, na beira da morte, já dependurada assim no umbral do inferno... A mulher, assim, nos meus braços, vira pra mim com a maior cara lisa e diz que o Sandro dela era Domênico. Ou seja, ela mentiu, trinta segundos antes de morrer!

Na hora, eu olhei assim aquele menino com aqueles olhos bons... Porque Sandro é um menino tão especial que qualquer mulher ia querer ser mãe dele. A gente estava dentro da cadeia, imagine! Sandro preso, aquela bandida vira pra mim e diz: "Ele é o filho que você está procurando". Eu acreditei na hora! Acho que a minha vontade de encontrar Domênico era tão grande, e os olhos de Sandro têm tanta bondade, que na hora eu acreditei. Quando eu descobri a mentira eu fiquei p. da vida, mas hoje eu entendo. A bandida da Kátia fez isso porque ela sabia que, se eu achasse que Sandro era meu filho, ia ajudar ele a sair da cadeia. E foi o que eu fiz. Mas só que Deus é um contador de história tão caprichoso que nessa época eu estava trabalhando pra quem??? Eu estava trabalhando na casa de Dona Vitória!! E ela, advogada porreta, pega e tira meu filho da cadeia. Sendo que depois a gente veio a saber que era filho dela. Inclusive, quando trabalhava como motorista lá, Sandro ajudou no parto do filho de Dona Vitória, sem saber que o menino era irmão dele! Não é bonita a vida?

Olha, quando eu penso na criação que esse menino teve... Pense que o menino foi criado sendo empurrado pela mãe pra dentro das casas vazias, pra abrir a porta por dentro, pra Kátia e os bandidos da trupe dela entrarem e roubarem tudo. Quer dizer, o menino via tudo, né? Mais que via! Sandro, com três ou quatro anos, estava participando de assalto! É muita maldade, né? Em vez da criança brincar de quebra-cabeça, de bola, essas coisas, não, ficava aprendendo a desmontar cadeado, a se esgueirar pela casa dos outros pra roubar! Só a misericórdia divina pra dar uma virada nessa história, viu?

Agora, essa mudança só foi possível porque o coração de Sandro permaneceu bom. Qualquer outro, quando descobrisse que, em vez de ser filho de uma babá pobre que nem eu, era filho de pai e mãe rico, ia comemorar, né? Já ia logo pensar na herança, no dinheiro, é ou não é? Mas Sandro não. Sandro ficou foi triste, chorou. Ave Maria, minha nossa Senhora, quando eu me lembro, eu com ele ali, naquela prainha da Urca, e eu contando que não era mãe dele. Porque comigo não tem essa de esconder, nem de mentir... Pra mim, o melhor escudo é a verdade. E foi sempre com a verdade que eu me protegi nessa vida.

Veja bem como é a que a coisa aconteceu...

Sandro e dona Vitória se deram muito bem logo de cara. Tanto que ele foi contratado como motorista. Aí, um dia, eles estavam tendo aquelas conversas, assim, que a gente não sabe de onde vem, Sandro vira e fala o nome da diaba da Kátia. Pronto! Quando dona Vitória ouviu: Kátia... Kátia de quê? Kátia Brandão. Aí dona Vitória ligou os pontos e viu o desenho completo, entendeu logo que ele era o menino que ela tinha parido com dezesseis anos e dado pra Kátia vender. Sendo que dona Vitória nunca soube que o menino não tinha ido pra Austrália.

Aí, pra garantir, ela fez o quê? Pegou os cabelos de Sandro na escova ou no pente, não sei... Porque ele trabalhava na casa dela o dia todo de motorista, né? Então, ele tinha uma bolsinha lá com as coisinhas dele. Aí dona Vitória foi lá, astuciosa, e pegou a escova de Sandro, pegou cabelo dele e mandou pro exame de DNA, pra bater com o dela!

Depois que recebeu o resultado, ela foi corretíssima, mas a lama já estava que era um atoleiro de anos, né? Ela teve que contar tudo para Raul, sendo que ele nem sequer sabia que ela tinha engravidado! Na versão dele, ela tinha ido estudar na França!

Imagine isso: uma menina classe média de dezesseis, dezessete anos pega e mente pra família que vai pro exterior, mas se esconde por nove meses em uma comunidade aqui nesse Rio de Janeiro. Dona Vitória aprendeu a falar francês sozinha! Ela fez o parto dentro do barraco, sem médico nem nada. E depois deu o menino e saiu sem olhar pra trás.

Quando dona Vitória me contou, dava pra ver o sofrimento nos olhos dela, enquanto ela falava... O sofrimento que ela guardou durante anos escondido dentro dela, dava pra ver tudo. Porque o sofrimento é coisa que só se desfaz quando a gente fala e resolve. Pelo menos a parte que dá pra resolver. Agora, se a pessoa silencia e guarda tudo lá dentro, aí não tem como a ferida sarar. É que nem um machucado mesmo, compreende? Tem que limpar, tratar pra poder sarar. Se você fechar um machucado sujo, quando for ver ele *purulô*, e aí, às vezes, nem tem mais cura. Às vezes, quando a gente nota, a ferida já tomou a alma toda da pessoa.

Com dona Vitória foi por um triz que a coisa não *podriu* por dentro. Ainda bem que Sandro apareceu e ela pôde deixar a verdade prevalecer. Seu Raul ficou doido, queria até o menino só pra ele. Tanto que Sandro foi ficar na casa dele, sem dona Vitória. Mas também pudera, quem no lugar de Raul não ia ficar endoidecido de raiva?

Raul é rico, mas é uma boa pessoa. Sempre foi correto com Érika, que pra mim é o que importa. E eu tenho pena, coitado... O filho morreu nos braços dele! Aquilo foi um baque. E eu penso assim: quando a vida dá uma porrada dessa na gente, cabe a cada um se transformar, compreende? Quer dizer, Raul podia continuar lá, cuidando dos milhões dele, mas não, ele pegou e repensou tudo, rompeu com aquele capeta do Álvaro, comprou o negócio da fazenda... Eu fiquei admirada. Quer dizer, buscou a resposta na Natureza.

Olha, é muita história...

Mas, se eu pudesse mudar uma coisa, uma coisinha só, em tudo que aconteceu, eu pedia a Deus uma chave de fenda pra apertar uns parafusos dentro da cabeça de Thelma. Porque eu ia gostar de ter aquela danada aqui.

Como é aqui e ninguém vai me julgar, eu posso escrever. A verdade é que Thelma foi a melhor amiga que eu tive.

A coisa não era pra ter acabado como acabou, compreende? Por que ela tinha que ser tão doida? Furar as camisinhas de Danilo e Camila, até vá lá, tem sua graça e acabou nascendo Caio, então, hoje em dia, fica difícil julgar. Mas o rumo que ela pegou depois que descobriu que Danilo era Domênico, não tinha necessidade.

Faça as contas comigo, ela descobriu no meu aniversário, que eles fizeram pra mim lá no restaurante dela. Porque ela ficou sabendo no final daquele vídeo, tipo Arquivo Confidencial, que eles fizeram. *Nique* apareceu a foto de Domênico com dois anos. Thelma ligou os pontos, e *pumba*! E aí foi um efeito dominó, um erro foi levando a outro erro. Ela pegou e matou Rita, depois matou até Jane! E olha que Jane era a melhor amiga de Thelma. E ela suicidou a mulher! Nada justifica... Mas, se eu pudesse pedir uma coisa só, era que Thelma fosse menos doida. Podia ser doida, mas só o suficiente pra continuar viva.

Thelminha... eu rezo pra Deus e Nossa Senhora terem piedade da alma dela, que aquela ali já sofreu muito na Terra. Por mim, ela está perdoada. Mas também, né? Eu estou viva! Estou no lucro. Já Rita e Jane, eu acho que não iam perdoar não.

Ave maria! Viver é muito bom. Não é fácil, mas é bom. Ave Maria! Quase duas horas da manhã e eu aqui escrevendo! Eu tô é doida mesmo. Acho que foi os filhos todos juntos aqui em casa, aí veio a lembrança de tudo. Deixa eu ir dormir!

(06.06.22)

A casa está uma paz.

(07.06.22)

Ontem eu estava exercitando a minha preguiça, porque, olhe... Casa cheia é bom, mas cansa. Quem já passou por isso entende o que eu estou falando. Meu coração até se emociona quando eu vejo o escorredor de louça só com um prato lavado, juro. Esse escorredor vazio é a imagem da paz, Senhor!

(09.06.22)

Pronto! Agora eu posso dizer que estou recuperada. E a casa arrumada. Ah, porque eu sou assim, enquanto a casa não está arrumada, eu não tenho paz. Não suporto um cantinho da bagunça, entulho, não dá. Comigo tem que estar tudo no seu devido lugar. Pode chamar de tique, de TOC, de TikTok, pode falar o que quiser, mas minhas coisas eu gosto arrumadas!

Enfim, era mais pra dizer que eu vou pra gafieira hoje e Evandro passa aqui umas seis pra me buscar.

(10.06.22)

Duas entradas pro Cruzeiro do Roberto Carlos!
Eu vou no Cruzeiro do Rei!
Meu Deus do céu!

Cru-zei-ro-do-Rei!

Já contei pra Magno, Érika, Zuleide, dona Vânia, o dono da banca, Camila, Danilo, pra Ryan eu só não contei porque a peste não atende o telefone. Contei até pra Caio, que tem três anos e nem sabe quem é Roberto Carlos. Agora só falta eu botar no jornal!

Evandro me fez essa surpresa e nós vamos pro Cruzeiro do Rei em menos de vinte dias! Normalmente eu não gosto de surpresa, até porque sempre dá errado. Já reparou? Difícil negócio de surpresa dar certo! Mas essa deu. Até porque tudo que envolve o Rei é bom! Roberto Carlos é meu ídolo e não tem igual.

O Rei é único!

É daqui a vinte dias, ou seja, eu tenho que cor-rer! Tanta coisa pra organizar, mala, roupa, a roupa do dia do show. Valei-me, minha Nossa Senhora! É muita bênção na minha vida!

- ~~checar mala~~
- *vidrinho de shampoo e creme – comprar na farmácia*
- *ver camisolas*
- *remédio pra ansiedade?*

(11.06.22)

A geladeira quebrou, mas não importa, porque eu vou pro Cruzeiro do Roberto Carlos. E estava na garantia.

(**12.06.22**)

Sabe quem tinha amor também por Roberto Carlos? Thelma... Quantas vezes a gente não falou de ir pro cruzeiro do Rei juntas? Mil vezes!

Sei lá...

Só sei que eu acordei pensando em Thelma hoje. Às vezes acontece de eu pensar nela. Aliás, já é a segunda vez que eu escrevo sobre ela.

E sabe o que é engraçado? Eu quase não penso na época que aquela doida sequestrou Caiozinho ou de quando ela me trancou no cativeiro. Ave Maria, mas quando eu lembro... eu fico com raiva.

Eu devia ter percebido que a coisa estava estranha quando Thelma ficou me enrolando pra contar pra Danilo que ele é Domênico. Toda hora era uma desculpa, toda hora era um motivo. E ela deu sorte porque, quase no mesmo dia que eu descobri, Caio ficou doente e foi internado. Aí eu também não queria jogar uma bomba assim em cima de Domênico, sendo que ele estava com meu neto no hospital, compreende?

Agora, quando Caio saiu do hospital, e Thelma veio aqui pra me pegar sem ter dito nada, inventando desculpa de negócio de mensagem que ela mandou por celular e não chegou e coisa e tal... Ali eu devia ter desconfiado. Mas é difícil, né? Como é que a gente vai desconfiar que uma amiga, uma pessoa com quem você fala todo dia, que é sogra de sua filha, vai lhe trancar numa casa, lhe algemar pelo pé, ameaçar lhe matar? Não tem como a gente se precaver de um absurdo desse! Porque não tem mesmo.

Eu só me lembro dela me enrolando no carro, até que de repente a gente vem por aquela estradinha e eu só vendo a casinha, lá no meio de um nada. E eu:

– Que fim de mundo é esse, Thelma? Não quero ver casa nenhuma não. *Vumbora*!

E ela:

– Vamos, vamos, é rapidinho, que não sei o quê...

Eu, besta, fui. Devia ter aberto a porta do carro e me jogado pra fora.

Olhe, aquilo foi uma loucura total! Quando eu me lembro, assim, parece que aconteceu com outra pessoa, e não comigo, compreende? Parece que foi num filme que eu vi aquela história, só que, ao mesmo tempo, eu sei que aconteceu comigo. É doideira!

Só sei que a diaba me convenceu a descer do carro e ver a casa por dentro. *Nique* a gente entra na casa, do nada, Thelma me aponta uma arma e me tranca lá dentro. Na hora, eu até pensei: "Ela só pode estar brincando". Mas arma é brincadeira desde quando?

Primeiro, Thelma me deixou trancada. Depois que eu tentei fugir a primeira vez, ela pegou e me algemou com aquela argola de ferro assim pelo tornozelo, uma coisa de bicho mesmo.

Mas ela podia ter me matado e não me matou. Pode parecer estranho, mas é um tipo de agradecimento que você sente, sei lá, porque bem ou mal a pessoa teve sua vida nas mãos dela, mas não lhe matou. E não foi por falta de prática, né? Até porque, a essa altura do campeonato, Thelma já tinha matado Rita e a pobre da Jane. Quer dizer, pra quem já matou duas, matar mais uma... custava o quê? Mas em mim ela não teve coragem de atirar! Graças a minha Nossa Senhora...

Quando eu visitei Thelma no hospital, ela, quase morrendo, me disse:

– Nem um monstro é capaz de matar você.

Quer dizer, ela morreu achando que era um monstro. Deve ser muito triste a pessoa chegar no final da vida e pensar uma coisa dessa sobre si mesmo... Deus é mais! Coitadinha de Thelma...

As pessoas esperam que eu odeie Thelma. Mas a verdade verdadeira é que eu sinto saudades daquela maluca. Thelminha... Era pra gente estar indo pro cruzeiro do Rei juntas agora.

Chega de falar de Thelma! Que Deus a tenha em sua misericórdia infinita.

Érika me convidou pra fazer um dia de spa de embelezamento antes do cruzeiro do Roberto Carlos. Eu aceitei. Tudo pra mim agora é referente ao cruzeiro do Roberto Carlos!

(28.06.22)

Olhe, esses dias que passaram agora foi uma agonia só! É tanto preparativo pra esse negócio desse cruzeiro! Até remédio de enjoo eu estou levando, que Zuleide recomendou. Mas Evandro já disse que o navio é muito grande e que não vai se afastar da costa, então não balança. Mas vai saber! Vou levar o remédio mesmo assim.

Pro dia do show eu comprei um conjuntinho estampado, assim, de preto com cinza. Um *chiquerê* total! Érika me deu o kit piscina, como ela chama. Maiô, roupão, chinela de toalha e até um chapéu maravilhoso! O chapéu é uma beleza, se dobra todo e depois, quando você abre, não está nada amassado! Coisa moderna, né? No fundo eu nem sei se vou ter coragem de ir em negócio de piscina, porque eu não sou muito de nadar, água, essas coisas, não é comigo. Mas quem sabe? Quero ir aberta para as novas experiências, como disse Zuleide. Eu não quero ficar sendo essas pessoas que não experimentam as coisas, sabe? Que isso é a velhice já na reta final! Deus me livre! A pessoa fica só criticando, não quer provar nada, não quer experimentar. Não, eu não. Eu quero experimentar. Aliás, quer saber? Eu vou mergulhar na piscina com certeza! Vou tomar os drinques do navio, vou tudo!

(29.06.22)

É amanhã.

(30.06.22)

É hoje!!!

Não consegui pregar o olho durante a noite de tão nervosa que estou. A mala está fechada, ao lado da porta desde às cinco e meia, sendo que Evandro marcou que vem me pegar às sete horas. Mas eu estou tão elétrica que, mesmo sem dormir, não estou cansada. O que é o nervoso, né? Chega o Natal, mas não chega sete horas! Misericórdia!

Buzina!

(03.07.22)

Vou contar tudo.

A gente entra no transatlântico ali na praça Mauá. Que beleza essa cidade, o Rio de Janeiro, viu? Mesmo quem mora aqui ainda fica encantado. Deve ser essa mistura de mar com montanha. Eu não sei, que não sou viajada, mas não deve ter isso em todo lado, né? Tanto que os gringos vêm pra cá e ficam maravilhados. Bom...

Em cima do navio, como se fosse assim na cobertura, compreende? Ali, tem várias piscinas. É aquela ruma de espreguiçadeira assim enfileirada, pro povo se deitar. Tem uma piscina que tem escorrega, mas não é escorrega normal não. É um escorrega todo fechado que faz várias curvas. Evandro até brincou, perguntando se eu não ia experimentar o escorrega. Deus é mais, vou nada! Ryan que ia ter gostado. Mas pelo menos eu estreei meu kit piscina, como diz Érika. Evandro, quando me viu com o chapéu que não amassa, chega caiu o queixo. E eu confesso que estava me sentindo mesmo uma atriz da Globo.

Eu nem sei como descrever o navio! É tudo muito atualizado e limpíssimo! Porque eu confesso que, quando do vi aqueles carpetes peludos feito um urso, eu pensei:

"Misericórdia! Isso aqui é um reino de ácaros!". Mas não. Tanto que minha renite não atacou.

Agora, minha paixão eram as maquininhas de comprar água, biscoito, balinha. Ai, que graça! Só tinha visto na televisão uma fofura daquela. Você bota a nota e a máquina, *vupt!*, chupa o dinheiro. Não sei como, mas ela reconhece a nota. Então, se você deu cinco reais, dez reais, a danada sabe! É muito bem bolada aquela máquina. Eu nem chupo bala, mas acabei comprando uns três negocinhos de bala. Água mesmo, eu só queria comprar na maquininha do corredor. E Evandro achando é graça, ele se acaba de rir comigo...

Além de limpo, o navio também é muito bem organizado. Até porque... é gente dentro daquele navio, viu? Misericórdia, que multidão! Tinha horas, assim, que eu me sentia num formigueiro. E em alto-mar, compreende? Quer dizer, dá uma agoniazinha.

O navio, em si, o próprio transatlântico, é belíssimo, todo decorado com motivos musicais. Compreende? Também não dava pra ser diferente, né? O Rei cantando pedia uma decoração assim, não sabe? Muita nota musical, aquela clave de sol, né? (Aprendi com Ryan que chama clave de sol.) Até a maçaneta do armário era em formato de clave de sol!

Sem falar que eu fiquei apaixonada no quartinho. Se tinha quarto mais chique naquele navio, eu desconheço, porque o nosso era finíssimo! Evandro é... sei lá... eu nem sabia que podia existir um homem do jeito dele. Ou então, eu pensava que, se existisse, com certeza não era pra mim. Mas ele diz que o premiado foi ele. Pode uma coisa dessas?

Só é romântico quando é pros dois, não sabe? Porque quando só tem um romântico no casal, ele acaba virando meio que o bobo. Sendo que pra mim quem consegue acreditar assim no amor é que está certo, é quem tem a sabedoria.

A gente tem que escolher acreditar nas coisas. Acreditar no amor, acreditar na vida. Quanto mais paulada a vida dá na gente, mais a gente tem que insistir pra acreditar e ter fé. Acreditar é uma espécie de sabedoria, eu acho. Porque é a pessoa escolhendo acreditar, escolhendo dar valor pras pessoas.

Por exemplo, lá no cruzeiro tinha uma mulher que estava sempre no mesmo grupo que a gente. E essa mulher estava sempre reclamando das coisas. Parece que ela já tinha ido a vários cruzeiros do Rei e a outros também. Não sei se ela foi em um da Ivete, Evandro que ouviu ela falar da Ivete. Mas eu nem sabia que Ivete fazia cruzeiro. Será que faz? O fato que a mulher via defeito em tudo! Não sei pra que ela continuava indo se achava tão ruim. Podia gastar esse dinheiro em outra coisa, não é não? E na vida a gente fica bom em tudo que faz muito... Quando a pessoa reclama muito, acaba ficando boa em reclamar. Aí acaba reclamando mais!

Sempre disse isto pros meus filhos: a felicidade é uma escolha. Todo dia isso é verdade. Ai, ai...

Tô cansada e querendo dormir, mas está tão bom ficar aqui, organizando minhas lembranças desses dias no navio.

Só assim para ter certeza de que tudo isso aconteceu mesmo e que não foi um sonho.

Foi tudo romântico no último! Teve uma hora... Ai, meu Deus, me dá até vergonha de falar. Mas teve uma hora que Evandro me levou na ponta, assim, do navio e nós abrimos os braços... Sabe o Leonardo DiCaprio e aquela menina do *Titanic*? Pois então, era eu e Evandro no transatlântico. O vento batendo e meus cabelos voando... E a gente se sentindo mesmo os reis do mundo.

Quem diria que eu, que passei meus quinze anos catando sal e descascando macaxeira em Malaquitas, ia estar aos 67 anos na proa do navio do Rei Roberto? Minha Nossa Senhora agracia a gente com cada bênção nessa vida. Mas tem que ter fé. Porque sem fé a vida não vinga.

Eu me lembro de um dia, quando a gente ainda morava debaixo da ponte e vivia de vender bala no sinal. Tinha o quê? Uns três meses que a gente tinha chegado no Rio. Magno ficava com as crianças assim sentadinho e eu ia vender no sinal. Nunca deixei meus meninos fazerem isso. Eu vendia e eles esperavam.

Naquela noite estava chovendo. Aquela chuva forte e eu com meus filhos ali, a marquise era larga, então estava disputada. No meio da noite, Magno me abre os olhos e vê que eu estou acordada. E aí ele me pergunta:

– Tás pensando em quê, *mainha*?

E eu:

– Pensando que um dia isso tudo aqui vai ser passado, que nós vamos ter uma casa, vamos encontrar Domênico.

Não tenha dúvida não, Magno, vocês vão tudo pra escola, vão estudar, saber ler e escrever. Ouviu bem, meu filho? Isso aqui tudo que está acontecendo, de certa forma já é passado, porque vai passar.

Aí Magno me olha, com aquela simplicidade de criança, e pergunta o que é que a gente tinha que fazer para aquela situação virar passado logo. Eu disse que o primeiro passo era ter fé. E Magno:

– Mas o que é fé, mainha? Eu quero ter fé.

Eu olhei assim, pros meus filhos debaixo daquela marquise, a chuva comendo na cidade, as ruas já começando a alagar.

– Fé, meu filho, é uma força que vem de dentro da gente. Fé é uma força na certeza de que vai dar certo. Certeza de que Deus e Nossa Senhora estão por nós neste mundo cão. O mundo é cão, mas a glória é divina. Fé é saber que o bem é maior e sempre vence. Fé é uma força que fica aqui, dentro da gente, e que não morre nunca.

Até parei pra chorar de agradecimento, viu? Porque foi longo o caminho até aqui, mas chegamos todos. Eu contei essa história de Magno pra Evandro no navio, naquela noite que a gente virou o casal do *Titanic*. Evandro chorou e disse que queria ter podido me ajudar quando eu mais precisei.

E ainda teve o show do Rei, né? Ai, eu não tenho palavras pra descrever. Aquele homem, minha Nossa Senhora, é muito abençoado! Quando ele entra no palco, assim, minha gente... não é brinquedo não! O mundo chega para de girar! Ele já entrou cantando *Quando eu estou aqui, vivendo esse momento lindo...* Ave Maria, eu chego me arrepio só de lembrar! São muitas emoções mesmo...

E daí o navio aportou em Santos, nós entramos na van e viemos flutuando até o Rio de Janeiro... Ai, ai...

E agora eu estou aqui, meus dedos tão dormentes de tanto que escrevi. Até filosofar eu filosofei! Só rindo, viu? Lurdes filósofa.

Vou botar meus pés pra cima.

(06.07.22)

Olhe, volta de viagem é uma coisa de doido! Eu passei o quê? Quatro dias fora. Mas voltei pra casa e parece que eu fiquei foram três semanas, de tanta coisa acumulada pra fazer. Fiz mercado, bati roupa, até a boca do fogão entupiu! E justo minha boca favorita!

Camila diz que eu estou é doida de ter uma boca favorita no fogão, mas quem não tem o lugarzinho cativo de fazer seu ovo mexido, compreende? Ter uma boca de fogão favorita não quer dizer que eu não use as outras, mas se vou usar uma boca só, eu uso sempre aquela, que já fica ali, do lado do meu azeite, é ou não é?

Eu amei o cruzeiro, mas nada se compara com a nossa casa. Ah, tem tudo seu, no seu lugarzinho que você escolheu, sua caminha, os barulhos que você já está acostumada. Ai, a casa da gente é bom demais. E minha rotina? A saudade que eu estava sentindo da minha rotina?

Ontem eu até fui no encontro com Zuleide e as duas outras amigas lá da gafieira. Perdi a aula de dança até porque Evandro também não foi, mas fui pra resenha. E aí a Carmem levou uma outra aluna nova lá que entrou. Consuêlo, o nome dela. E Consuêlo está passando pela mesma coisa que eu passei um ano atrás.

Os dois filhos de Consuêlo saíram de casa tarde e ao mesmo tempo! Imagine! A mulher caiu na depressão, né? E a terapeuta de Consuêlo até disse que o nome do que ela tinha é "síndrome do ninho vazio". De certa forma, eu tive esse negócio dessa síndrome também.

Síndrome do ninho vazio.

Tadinha, deu pena de ver Consuêlo. Até chorar falando dos filhos, ela chorou. E os olhinhos de Consuêlo quando eu disse que essa fase vai passar? Sabe, assim, quando a pessoa te olha incrédula? Mas é isso, é difícil demais. A mulher tem sua vida, até que os filhos nascem. Aí é só doação e dedicação pros filhos, porque filho não é brincadeira não. Filho, quando não dá trabalho, dá preocupação e é coisa pra vida toda. Mas a verdade é que quando eles saem de casa a situação muda de figura, compreende?

E aí vem uma terceira etapa da vida de uma mulher que é mãe. É a etapa da vida sem os filhos. Quando filho nasce, parece que rouba nossa vida, depois, quando eles vão embora, parece que a vida acabou! Olhe, a vida é doida mesmo! E foi isso que eu disse a Consuêlo. E a pobrezinha dizendo que sentia um vazio assim como se fosse físico, não sabe? Porque amor de mãe é um amor físico mesmo, um amor que chega dói no peito da gente...

(08.07.22)

Eu não sei não qual é o rumo que o mundo vai indo não. Às vezes, eu olho assim e penso que está tudo piorando, compreende? Porque são os pobres ficando mais pobres e os ricos ficando mais ricos, pegando helicóptero pra ir até a esquina! Nesse ponto eu concordo com Érika, devia ser proibido a pessoa, só porque tem dinheiro, ficar voando pra lá e pra cá, gastando não sei quantos mil litros de gasolina. Que história é essa? Só porque tem dinheiro, a pessoa não pega nem um sinal vermelho? A pressa do rico vale mais do que o meio ambiente? Do que a gasolina queimando e queimando a camada de ozônio??? A meu ver, tá errado. Tinha que proibir.

O problema é que falta noção do todo, compreende? Da pessoa não pensar só em si. De pensar que existe um coletivo. Quando eu era pequena, a gente apagava a luz de casa pra conta vir mais barata, pra economizar o nosso dinheiro. Mas hoje em dia, a consciência aumentou, compreende? Eu vejo Brenda. Brenda apaga a luz e fecha a torneira, não é só pensando na conta que vai pagar, pensando na Natureza, na água do mundo... E como as crianças que são o futuro, e as crianças têm consciência, às vezes eu penso que o mundo vai ter solução.

O que acontece, no meu caso? Eu eduquei meus filhos e depois eles me educaram de volta, compreende? Érika está o tempo todo abrindo meu olho:

– Mãe, não esquece o negócio de prestar atenção ao plástico.

Ao "plástico de uso único", como ela diz, né? Eu fui aprendendo. Porque a gente pega aquele copinho branco, bebe três goles de água e joga fora. Ou seja, a pessoa usa o negócio por um minuto e a Natureza leva quatrocentos anos pra decompor o copinho. Não dá.

Aí Camila, professora, o tempo todo martelando negócio de "consciência social", do que é machismo e do que não é.

Foi Camila que me explicou que a noção do que é uma mulher ser violentada, de sofrer um estupro, evoluiu muito! Quando eu era adolescente, o que era considerado "ser violentada"? Era o homem pegar, amarrar a mulher, bater, compreende? E depois possuir a mulher. Mas hoje em dia não. Hoje em dia, a gente vê que a violência mesmo, por menor que seja, já é violência. A mulher ser xingada, humilhada dentro de casa, depreciada, tudo isso já é violência, compreende?

Então eu acho que a coisa evoluiu muito. E quando eu penso... é triste dizer, mas ao mesmo tempo liberta a gente, sabe? Porque dá o nome certo da coisa. Quando eu penso, vejo que eu, de certa forma, fui estuprada por Jandir. Ai, chega desse assunto!

Seguindo a lista do que os meus filhos me ensinaram:

Ryan trouxe pra minha vida uma coisa que eu nunca nem pensei. Porque, assim, educação, como se fosse pra dizer, o caminho que Camila pegou, compreende? Educação está sempre na mira da gente, mesmo na mira do pobre, compreende? Porque todo mundo sabe que é só com educação que a pessoa pode evoluir e ficar lá em cima, né? Mas a arte... Ah, arte já é outra coisa. É como se fosse um luxo quando a gente olha de fora. Agora, quando você convive, todo dia ali, com uma pessoa que praticamente nasceu agarrada com o violão, que se pudesse tomava até banho com o violão... aí você entende que é que nem o ar, a comida... A música pra Ryan é uma necessidade. Pra mim, isso foi uma lição. Porque quando você é pobre parece que só pode precisar de quê? De casa, comida, roupa, do básico, né? Sendo que até o básico falta. Só que não é assim. Seja pobre ou seja rico, todo mundo pode precisar da arte. Até quem nem sabe que arte existe muitas vezes está precisando de um pouco de música, de um pouco de poesia.

Hoje em dia, eu tiro por mim, que fico aqui, horas e horas escrevendo... Eu vejo que isso está me fazendo bem. Como se fosse assim uma espécie de reza, compreende? Ou então de terapia.

Às vezes eu penso até que já estou deixando de viver pra escrever! Ou então que minha vida está virando escrever, sei lá. Eu até pensei em comprar um outro caderninho pra anotar as minhas memórias de infância. Aconteceu tanta coisa, tantos mundos lá pelos quintais de Malaquitas. Até porque este caderninho aqui está acabando.

Eita, contei aqui e faltam só duas páginas! Quem diria que eu ia escrever tantas páginas. Tenho que esconder este negócio, até porque jogar fora faz pena. Mas Deus me livre e guarde de alguém pegar este caderninho e ler estas bobajadas que eu escrevi!

Cada cabeça é um mundo mesmo... Imagine se eu, só porque vi no programa da Ana Maria Braga a psicóloga falando que era bom escrever, pego, escrevo esse diário... E aí pego o mau costume de passar horas e horas aqui, sentada, divagando por escrito... Aí tenho a ideia de escrever um livro sobre a minha infância? E viro escritora? Imagina!!! Uma pessoa simples como eu, uma babá brasileira, uma mulher do povo, sair contando pra todo mundo o que ela viu, o que ela viveu... Camila me disse até que já teve, né?, uma doméstica que fez um diário. O nome do livro é *Quarto de aluguel*.

Não, não. Aprendi a pesquisar na internet e descobri que o nome certo é *Quarto de despejo*, da Carolina Maria de Jesus, o nome da autora é esse. Carolina Maria de Jesus era doméstica e escreveu um livro! Você vê? A sociedade, às vezes, quer fazer a gente acreditar que a gente não é capaz das coisas. Ela apaga nossos passos de conquista, e, de repente, a gente acredita que é impossível. Depois, quando vai ver, a gente achando que uma coisa era impossível e ela até já foi feita. Não é não? Se essa Carolina Maria conseguiu escrever um livro, quem sabe eu também não consigo? Imagina se todas as babás e faxineiras e empregadas domésticas escrevessem suas vidas? O mundo ia aprender a respeitar melhor a gente.

Tá acabando a última página... Foi bom escrever. Amanhã vou sair com Evandro. A gente brigou depois do cruzeiro do Rei porque, nem bem a gente tinha chegado, Evandro já começou com negócio de uma outra viagem. Aí eu disse que viagem agora só ano que vem e ele se aborreceu! Achei uma infantilidade de Evandro. Estou cansada de negócio de tanta viagem... Quero ficar na minha casa. Cuidar de minhas plantas que estão morrendo, fazer minha aula de dança, resenhar com as amigas...

- *Consertar porta da geladeira*
- *Ver documentação de Danilo*
- *Fazer as pazes com Evandro*

Muita coisa pra acontecer. Vou comprar outro caderninho!

Fim do primeiro diário da dona Lurdes.

Esta obra foi composta em PSFournier Std
e impressa em papel Pólen Natural 80 g/m²
pela Gráfica Forma Certa